書下し長篇ミステリー　人情刑事・道原伝吉

横浜・彷徨の海殺人事件

梓　林太郎

徳間書店

TOKUMA NOVELS

目次

第一章　暗闇から来た男　7
第二章　ＹＯＫＯＨＡＭＡ　43
第三章　怒濤　69
第四章　夜の音　98
第五章　闇を這う　125
第六章　津軽　155
第七章　病魔　186
第八章　転々　213

第一章　暗闇から来た男

1

　十月になったばかりなのに、朝は真冬のような冷たい風が吹き、道行く人たちは胸をかこんだし、上着の襟を立てた。薄墨を広げたような灰色の雲は東へと奔《はし》っている。

　十月二日、午前七時四十分、松本警察署へ、松本市北部稲倉《しなぐら》の北沢《きたざわ》という農家の主人から電話が入った。

「見慣れない年配の男が外に立っていたので、声を掛けた。返事もしないし、一言も喋らない。寒いので、家の中へ入ってもらった。どうしたらいいでしょうか」

「その人の身装《みな》りはどんなですか」

　宿直明けの係官はきいた。

「セーターの上に厚いジャンパーを着ています。ジーパンを穿いていますが、裾が汚れています。スニーカーはかなり古そうです」

　何歳ぐらいの人かときくと、七十代ではないかという。

「陽焼けしていますが、具合が悪そうではありません。あ、家内がいま、おにぎりを渡しました」

「食べましたか」

「腹をすかしていたようです」

係官は、署員を向かわせるので、暖かいところで休ませてあげてといって、電話を切った。

その年配の男性は、なにをきいても答えないという点が気になった。

刑事の道原伝吉《みちはらでんきち》が出勤したので、係官は北沢のいったことを伝えた。

「その男、一言も喋らない。どうしてなのか」

道原が首をかしげたところへ、刑事課の吉村《よしむら》夕輔《ゆうすけ》とシマコと呼ばれている河原崎志摩子《かわらざきしまこ》が出勤した。

道原は壁に貼ってある松本市の地図の前へ立った。電話をよこした北沢家は、松本浅間カントリークラブの北を西に流れる女鳥羽《めとば》川の近くらしい。

道原とシマコは、吉村が運転する車に乗った。歩いている人たちは、コートや上着の襟を立てて前かがみだ。

「今夜は氷が張るんじゃないかしら」

後ろの席でシマコがいった。

稲倉橋を渡った。北沢家は水口《みなくち》神社の近くで、白壁の蔵があった。ニワトリの声がした。蔵の横から茶色の毛の柴犬が飛び出てきて、尾を振った。

五十半ばの北沢信介《しんすけ》は籠を手にして、三人の警察官に向かって頭を下げた。籠の中は玉子だった。広い庭に放し飼いされているニワトリが産んだ玉子を拾っていたのだ。

まったく口を利かない男は、けさの七時ごろ蔵の壁に張り付くように立っていたのだという。

「その人は、いまはどうしていますか」

道原が蔵の前で北沢にきいた。

「さっきまでストーブの前で横になっていました」

「口を利かなかったらしいが、その後、なにかいいましたか」

「いいえ。おにぎりを二つ食べ、味噌汁を飲むと、正座して、丁寧なおじぎをしました。家内がストーブの近くへ寄るようにすすめると、這って、ストーブの前へ行って、あぐらをかきました。——なにをしていた人なのか、どうして寒空の下に立っていたのか」

北沢はそういって首を横に振った。

「こちらは、ご夫婦だけですか」

道原は、一部二階建ての母屋を眺めた。

「娘と息子がいて、会社勤めをしています。二人は、出掛ける前に、ストーブの前のあの方に声を掛けましたけど、あの方はなにもいいませんでした」

道原は、吉村とシマコと一緒に母屋へ入った。赤い光を放っているストーブの前に古びた茶色のジャンパーの男が横になっていた。

北沢の妻が床に膝をついて、道原たちに挨拶《あいさつ》した。

ストーブを向いて手枕をしていた男は、起き上がった。

「お早うございます」

道原が男にいった。

男は道原たち三人の正体を確かめる目をしてから、ちょこんと頭を下げた。顔は陽焼けしている。帽子をかぶっていたらしく額の上半分は白かった。ととのった顔立ちで優しげである。

「私たちは、松本警察署の者です。あなたはこの北沢家の庭へ入って、じっと立っていたらしい。お名前と住所を教えてください」

男はわずかに唇を動かしたが声を出さなかった。

「あなたは、よそのお宅へ上がって、ご飯をいただいた。名前も住所もいわないのは、失礼だ。なにか深い事情があるようだが――」

男は、道原の目の底をのぞくような表情をしてから唾を飲み込んだ。

「名は、滝谷文高《たきたにふみたか》」

どういう字なのかを道原はきいた。滝谷と名乗った彼は、宙に人差指で字を書いた。

「何歳ですか」

「七十」

「住所は」

「ありません」

「住所がなくなるまでは、どこに住んでいましたか」

「洞《ほら》です」

松本浅間カントリークラブの西に洞という地名のやや高台の一画がある。

「洞に住んでいたときは、なにをしていたんですか」

「老人ホームにいました」

「なんという老人ホームに入っていたんですか」

「入っておったんじゃない。掃除や草刈りをしとったの」

勤務していたということらしい。

「ご家族は」

道原がきくと彼は、恨むような目をして、口を固くむすんでしまった。

道原の後ろで滝谷と名乗った男を観察していたシマコが、背中をつついた。道原はシマコのほうを向いた。

彼女はささやくような声で、

「棄老《きろう》だと思います」

道原は久しぶりにきく言葉だと思った。

大昔は棄老習慣のあった土地が存在していたらしい。年老いて働けなくなったが、メシは食う。著しく食糧事情が逼迫していたので、働けなくなった年寄りを背負って山に登り、置いてきぼりにした。老人は飲まず食わずでそこにすわりつづけ、自ら餓死を待った。

滝谷文高と名乗った男は、高齢というほどではないが、子どもから邪魔もの扱いされ、野垂れ死にしろとばかりに、知らない土地の山へでも置き去りにされた──

「いまどき、そんな──」

道原はいったが、シマコの勘はあたっていそうだとも思った。道原は北沢夫婦に労《ねぎら》いをいって、滝谷文高と名乗った男の背中を押して車に乗せた。

「私を、どこへ連れていくんですか」

滝谷は道原の背中へきいた。

「署へ行くんです。そこで詳しく話をきいて、どうするかを考えましょう」

「私は、警察なんかへは行きたくない。降りる。降ろしてくれ」

滝谷は道原の背中へ腕を伸ばした。

「静かにしていなさい。話し合って、いい方法を考えるんですから」

シマコは滝谷の腕を軽く叩いた。

「署って、どこなんだ」

「松本警察署」

シマコが答えた。

「どこにあるんだ」

滝谷の言葉は、北沢家にいたときよりもはっきりしてきた。

「行けば分かる。静かに」

シマコは滝谷の腕を摑《つか》んだ。

車は女鳥羽川に沿う惣社《そうざ》岡田《おかだ》線を下った。急に建物の数が増え、街中へ入った。滝谷は落ち着きがなくなり、左右に首をまわした。松本街道に移り、大学の脇を通り抜けた。

「あれっ、城じゃないか」

滝谷は右の窓をのぞいた。

「松本城ですよ。お城へ行ったことがありますか」

シマコがきいた。

「ない」

「一度は、行ってみることです」

滝谷は、行ってみたいとはいわなかった。

車は直角に道路を折れ、松本駅を越えた。署の玄関前で滝谷を降ろした。シマコは彼の右腕を摑んでいる。男性職員が二人出てきた。滝谷は首を肩に埋めた。

滝谷文高と名乗った男の体格を測った。

身長百六十六センチ、体重五十七キロ。栄養状態はよさそうでなく、瘦せ気味の脚には白い粉がふいていた。全身を撮影した。

「からだは、大丈夫ですか」

小会議室で道原がきいた。滝谷は、長く床に就くような病気はしていないと答えた。住民登録の住所をきくと、「洞です」といったのでそれを役所へ照会した。が、該当がなかった。洞に住んでいたことはあったかもしれないが、出身地は松本市洞ではない。

刑事課長の三船《みふね》が入ってきて、立ったまま滝谷をにらんだ。滝谷は課長の顔をちらりと見たが、すぐに横を向いた。その目は、「嫌なヤツ」といっていた。

道原はノートを前へ置き、ペンを持った。

部屋が暖かくなった。滝谷はジャンパーのファスナーを下ろした。血管が青く浮いた手にはなにも持っていない。手の指は太いほうだ。重たい物を握ったり持ったりしたにちがいない経験が指の太さにあらわれている。

「出生地はどこ」

「出生地——」

「どこで生まれたのか」

「豊科《とよしな》です」

現在の安曇野《あずみの》市だ。

それをきくと吉村が、安曇野市役所へ滝谷文高の出生を照会した。十五分後に回答があったが、「該当なし」ということだった。該当がないと氏名も年齢も確認できない。

2

「あなたは、現在の安曇野市の豊科で生まれたというが、あなたが豊科で生まれたという記録がない」

道原が滝谷の顔を正面からじっと見ていった。

「記録がない。それは手落ちですね」

滝谷は平然といった。

「あなたは豊科の生まれではない。豊科に住んでいたことがあったかもしれないが、出生地は別のところだ。いままでに、戸籍謄本とか住民票を取り寄せたことはなかったのか」

「さあ、なかったような気がします」

「結婚は」

「一度も」

「したことがないということだね」

「ええ」

滝谷は陽焼けした手で額から顎《あご》を撫《な》でた。

「滝谷文高という氏名は、だれが付けたんだ」

「親だったと思います」

「両親の名をいってください」

「忘れました」

この男、刑事をからかっているように見えなくもない。

「両親の名を、忘れたのではなく、知らなかったんじゃないのか」

「そうだったかも」

シマコがお茶を、課長、道原、吉村、滝谷の順に置いた。滝谷は湯吞みの中を見てから、三人より先に右手に持って飲み、

「おいしい」

といって、飲み干した。

「あのう、すみませんが、うどんでも、そばでも、ご飯でも結構です。取り寄せてもらえませんか」

滝谷はそういうと、左手で腹をさすった。その手の甲に三、四センチの長さの傷跡があった。それを見た道原はノートにメモした。

滝谷はけさ、北沢家で、にぎり飯を二つ食べたということだったが、午前十一時を過ぎたので、腹の虫が騒ぎはじめたのではないか。

「全員、ざるそばにしよう」

課長がいった。

「わたしは、お弁当を持ってきました」

シマコはそういって、更科の電話番号をプッシュしながら小会議室を出ていった。

「市内の洞にいたことがあるといったが、それは洞のどこ」

道原が滝谷にきいた。

「いちご園という老人ホーム」

「そこに勤めていたんだね」

「ええ。雪搔《ゆきか》き、水撒《ま》き、草むしり。夏の畑は暑かった。夕方は蚊に食われた」

「いつまで、どのぐらいの期間勤めていたの

か」

「去年の秋まで。――十年ぐらいいたかな」

滝谷は顔を上げると、遠いところを見るような目をした。

吉村が部屋を出ていった。彼は、いちご園という老人ホームへ電話で、滝谷の勤務該当を確認する。

三十分後、吉村はそばが伸びてしまったところへもどってきた。眉間《みけん》に皺《しわ》を立てて暗い表情をして小会議室へ入ると、道原の耳に口を寄せた。滝谷文高はいちご園を七年前に辞めていたと、ささやくようにいった。

去年の秋まで勤めていたというのは、真っ赤な嘘だった。

吉村は、いちご園できいたことを課長と道原に報告しようとした。

「先に、そばを食え」

課長はそういって、小会議室を出て隣室へ移った。

伸びたそばを食べ終えた吉村は、課長と道原がいる隣室へやってきて、電話できいたことを報告した。

滝谷はいちご園を七年前に辞めたという。

「滝谷は現在七十歳。七年前というと六十三か。いちご園へは何年勤めていたんだ」

課長がきいた。

「五年間です。仕事は雑役。雪搔きも、草むしりもしていました」

「辞めた原因は」

「それが問題です」

吉村は椅子にすわった。

「問題とは――」

道原はペンを構え、吉村が話しはじめるのを待った。

「いちご園には古賀鍾一《こがしょういち》という八十代後半の男性が入っていました。古賀氏は二階の個室を利用していたのですが、食事以外の時間は毎日、お札《さつ》を数えていたそうです」

「お札を――」

課長は目の色を変えた。

「古賀という人は、現金をいくらぐらい持っていたんだ」

「札束を――。数千万円は持っていたんじゃないかと思うといわれています」

「なにか複雑な事情が絡んでいそうだな」

吉村は電話で、滝谷文高はいつまで勤めていたのかを、いちご園へ問い合わせた。すると電話に出た職員は、古賀という同園の利用者が毎日、自分の紙幣を数えていた。そのことと滝谷は関係がありそうだといった。どうやら古賀という利用者と滝谷は、なんらかで深い事情を生んでいたようだ。

「いちご園へ行こう」

道原はノートを摑んで立ち上がった。

老人ホームのいちご園がある松本市北部の洞には、もう一か所老人ホームがある。

吉村がハンドルを握っている車は県道を東に逸れ、洞山岩址を右に見て、坂を登り切った。白壁のいちご園の窓枠は赤いいちごのような色をしている。太い樅《もみ》の木が二階建てを囲んでいた。

　体格のいい園長の岩波《いわなみ》が出てきて、二人の刑事に名刺を差し出し、応接室へ通した。

「一万円札を毎日、数えていたのは古賀鍾一という人です。——古賀さんは八十三歳のときにここへ入りました。製材所をやっていた人ですが、奥さんを亡くしてから、急に老けたそうです。製材所の経営は長男と次男に譲って、一日おきに近くのお寺へ写経に通っていたということです。——ここへ入所してからは、一日中、本を読んでいることもありました。入所して半年ぐらいは食堂で、ほかの利用者と一緒に食事をしていましたが、つけっぱなしにしているテレビを嫌って、二階の自室で食事をするようになりました」

「どんなものを読んでいたのですか」

　道原がきいた。

「戦国時代の武将。殊に明智光秀《あけちみつひで》が好きだったようで、細川忠興《ほそかわただおき》や筒井順慶《つついじゅんけい》らを誘い、天下人たることを策したが成功せずなどと、お会いするたびに一時間ぐらい、光秀を語るのでした。——入所して三年ぐらい経った真夏のある日、地元の家具店の小型トラックが、ピカピカに光った函《はこ》のような物を、古賀鍾一さんへといって届けにきました。それは、横三十五、六センチ、深さ二十センチぐらいの栗の木製のがっしりとした蓋の付いた函でした。——古賀さんはそれをなにに使うのか分かりませんでしたが、しばらくして、函の中にしまっている物を職員たちは知りました」

道原と吉村は顔を見合わせてから、視線を岩波に向け直した。

「函の中身は一万円札の束でした」

「紙幣――」

道原はつぶやいて、紙幣の束は複数だったかときいた。

「一束は百万円でしょうが、それがいくつも」

「いくつも――」

「その函が届いて何か月かが経ってから知ったことですが、古賀さんは朝食をすませると、栗の木製の函から札束を取り出して、数えはじめるのです。食事の時だけ函に蓋をして、食事がすむと、またお札を数えはじめるのでした」

「明智光秀はどうしましたか」

「もう一言も口にしなくなりました」


古賀は紙幣の束をほどいて数え、異状なしと認めるのか、帯封を掛け直して、別の束の紙幣を数えていた。彼は毎日、それをつづけていたが、雪が激しく降る朝、二階の自室から転げるように降りてきて、大声を上げて廊下を、駆けたり、這ったり、わめいたりした。

職員は彼を抱きしめ、背中をさすったりした。彼が狂ったように駆けまわったりした理由を職員は彼の部屋をのぞいて知った。栗の木製の函が部屋から消えていたからだった。

古賀は熱を出して倒れた。救急車を呼んで大学病院へ収容した。入院して四日間、食事を摂らず水を二度飲んだだけで、目を瞑《つむ》った。八十七歳だった。栗の木製の函は行方不明のままになった。

道原と吉村は、また顔を見合わせた。吉村はポケットからハンカチを取り出すと、固く握った。

「古賀という人が持っていた栗の木製の函と、滝谷文高はなにか関係がありますか」

「古賀さんが亡くなってしばらく経ってからですが、滝谷はときどき街へ出て行って、食事をしているらしいという噂《うわさ》が、きこえてくるようになりました」

「古賀氏所有の栗の木製の函は盗難に遭ったらしい。それを盗んだのは、滝谷ではという疑いが持たれたのですね」

道原がいうと、「そうだと思う」というふうに岩波はうなずいた。

「古賀氏が亡くなってからも、滝谷は勤めていましたか」

「半年勤めていました」

道原は滝谷の勤務振りをきいた。

「利用者の朝食は、朝八時からです。職員は利用者の面倒を見ながら食事を終わらせ、そのあとで食事をします。――滝谷は外でひと仕事終えてから、職員と一緒に朝食を摂りました」

「彼の食事について、変わった点はありませんでしたか」

「変わった点。あ、思い出しました。ご飯の食べ方が早かった。大口をあいて、口に詰め込むように。それから、ご飯もおかずも、洗ったようにきれいに食べたのを憶えています」

食事を終えると、自分が使った食器を洗い、天気のいい日はすぐに外へ出て、タバコを喫っていた。

滝谷の仕事は主に屋外。掃除、草むしり、畑の手入れ。約五年間勤め、七年前に辞めたというが、それまでの経歴の分かる物があるかを、道原がきいた。

岩波は、応接室を出ていくと五、六分経って、緑色のファイルを手にしてもどってきた。

滝谷文高が提出した履歴書を持ってきたのだった。

それは市販の履歴書でなく、便箋《びんせん》にゆがんだ字で書かれていた。

住所・長野県安曇野市豊科
横浜市戸塚第二小学校、同中学校卒業
港南木工所　上田家具店　緑家、各勤務
家族欄は空白
この履歴書を受け取った前園長の市村《いちむら》は、

「結婚したことは」

ときいている。すると滝谷は、「結婚したことはありません」と答え、現在は、豊科の貸屋に一人暮らしをしているといった、と添え書きをしていた。

「職歴が書いてあるところへ、問い合わせをしたでしょうか」

道原は岩波にきいた。

「していないと思いますが、各勤務先の何か所かは、横浜市だったらしいと、当時の園長からきいた憶えがあります」

といった。

道原は滝谷の自筆と思われる履歴書をコピーしてもらった。

道原は滝谷に出生地をきいている。滝谷は、豊科だと答えた。安曇野市のことである。しかし履歴書には横浜市内の小、中学校を出たと書いている。豊科は嘘で、じつは横浜生まれなのではないか。一か所に虚偽が認められると書いてある経歴のすべてを疑いたくなる。

道原は吉村に、履歴書にある小、中学校へ卒業の確認を指示した。

これについてはすぐに回答があった。滝谷文高は本名。保護者は母親で、滝谷政子《まさこ》となっていた。

道原は滝谷の正面へ腰掛けると、

「あんたは、お母さんの名を憶えているか」

ときいた。

滝谷は白い目をした。なぜそんなことをきくのかといいたいらしい。すぐに答えないので、

「憶えていないのか」ときき返した。

「政子です」

「お父さんは、いなかったのか」

「私が生まれる前に、病気で死んだときいています。――そんな古いことを、どうしてきくんですか」

「あんたが、正直に答えていないからだ。あんたは、豊科で生まれたといったが、それは嘘で、じつは横浜生まれではないのか」

「嘘ではありません。母の政子は、実家のある豊科へ帰って、私を産んだ。刑事さんは、生まれはどこかってきいたので、母の腹から出たところを答えたんです」

滝谷は、道原を叱るようないいかたをした。

滝谷は、脱いで隣の椅子に置いているジャンパーのポケットに手を突っ込んでから、タバコを喫いたいがいいかときいた。一応禁煙にはなっているが、吉村がアルミの灰皿を滝谷の前へ置いた。

3

滝谷文高が履歴書に書いている過去の勤務先を調べた。

港南木工所は、横浜市磯子《いそご》区にあった。建具と家具のメーカーで、従業員は五十数人という規模。

「古いことを伺いますが、よろしいでしょうか」

吉村は電話に出た女性にいった。

「五十年以上前のことです」

「五十年――」

女性社員は不安そうな返事をした。

「現在七十歳の滝谷文高という男性が、中学を卒業して、そちらへ就職したようです。その勤務該当があるかを確認したいので」

女性は確認して回答するといった。

その回答は十分後にあった。滝谷文高は中卒で入社して、五年間勤務した記録があった。整理簞笥《だんす》や書架をつくる現場作業に従事していた記録があったという。どのような理由があったのかは不明だが、滝谷は一人前の職人になる前の二十歳のときに、港南木工所を辞めていた。

履歴書にある上田家具店は横浜市金沢《かなざわ》区にあ

った。滝谷は港南木工所を退職してから三年ばかりどこかに勤めていたらしく、二十三歳で上田家具店へ就職した。どうやら一人前の家具職人になっていたのではないか。

吉村の掛けた電話にはかなりの年配者らしい男が出て、「懐かしい名だ」といった。家具職人になった滝谷は上田家具店に約十年勤務した。その間に結婚したのか、女性とともに、近くのアパートに暮らしていた。上田家具店では桐簞笥をいくつも手がけたという。新潟県の加茂《かも》市あたりへも出掛けて行って、良材の仕入れもしていた。滝谷は三十三、四歳になっていたが、なにがあったのか、仕事に飽きたのかちょくちょく休むようになり、正月を境に出勤しなくなった。

履歴書にある「緑家」というのはどこなのか。業種も分からなかったので、滝谷にきいた。

「なぜ、そんなことをきくんですか」

彼は抵抗した。

「これまで、どこで、どんな仕事に就いてきたのかを知りたいんだ」

道原がいった。

「なぜってきいてるでしょ」

彼はきつい目をした。

「これまで、どこで、どんな仕事に就いていたのかを、正確に知るためだ。きいたことを正直に答えなさい。隠したり、嘘をつくと罪は重くなるよ」

「罪って、おれはなにもしてないよ」

「あんたは、稲倉の北沢家の庭に立っていた。

他人の家をのぞいているのは、罪になるんだ。警察は、罪を犯した者の経歴を、正確に知っておきたい。——北沢家の庭に立っていた目的をいいなさい」

滝谷は不服そうに下唇を突き出していたが、通りかかった北沢家が、平穏で、優しい人が住んでいるように見えたからだといった。日差しをうけた玄関前には茶色の犬がいたが、吠えずに眠そうな目をしていた。庭には鶏が何羽も放し飼いされ、鶏の生んだ玉子を、主人らしい人が拾っていた。それは最近めったに見ることのなくなった穏やかな農村風景だったので、その穏やかさに誘われたのだと思うと、他人事《ひとごと》のようなことを答えた。

「あんたはいちご園を七年前に辞めたが、その後はどこかに勤めていたのか」

「和田《わだ》さんという家に、厄介になっていました」

「和田さんというのはどこで、なにをしている家なの」

「大工です。建具職人」

「あんたは、中学を出ると横浜の港南木工所に勤めていて、家具造りを覚えたのだし、上田家具店にも勤めて、家具作りの職人になった。桐の箪笥も手がけていた。したがって、和田さんという家でも、建具造りをしていたんだね」

「歳のせいで、力仕事の鋸《のこぎり》や鉋《かんな》は長い時間使っていられない。それで若い人の仕事を見とっただけ」

「和田という家へは、住み込みで——」

「アパートから通っていました。お昼だけはご馳走になって」

和田家というのはどこかときくと、松本の神《かん》林《ばやし》だと答えた。

それをきいた吉村は、和田という家具店をさがした。そこはすぐに分かった。和田家具といって、従業員が十五人いる木工所だった。信州まつもと空港の北である。

道原と吉村は、滝谷を署に残して、和田家具へ向かって車を走らせた。屋根にのっている「和田家具」の看板は遠くからも見えた。

社長の和田信秀《のぶひで》は頰のこけた小柄の五十代だった。道原が、滝谷文高という男を知っているかときくと、「うちにおりました」といった。

「たしか六年前の夏でした。作業場へ年配の男が入ってきて、家具作りの経験があるので、雇ってもらえないかといわれました。どう見ても六十半ばを過ぎていそうなので、家具作りを何年ぐらい経験しているのかをききました。するとと二十年ぐらいと答えました、腕も指も太いので、二十年は嘘ではないだろうと見て、鉋を与え、杉板を削ってみてくれといいました。彼は鉋を受け取ると、すぐに刃をはずして、研ぎはじめ、刃を調整して、杉板を削りました。鉋屑《かんなくず》の吹き出しがほかの者とまったく違いました。刃の研ぎ方が勝れていたんです。私はその場で採用を決め、指導員として勤めてもらうことにしました」

腕のいい職人なのだろうが、なにかの事情で店や作業場を持たずにいたのだろうと和田は想像した。

　採用が決まると滝谷は、住むためのアパートを見つけてきて、「どうかよろしく」と和田に頭を下げた。和田は、十五人の従業員に滝谷を紹介した。見習いを一人前の職人に育て上げるための指導員にした。作業場へ入ったその日から滝谷は、一段高いところにすわって、十五人の作業に目を配った。中学を出て見習いに入った従業員には、鋸、鉋、鑿《のみ》の使い方を丁寧に教えていた。

　和田の妻・加奈女《かなめ》は生け花の師匠で、畑に「緑家」という名を付けて手入れをしていた。草花のほかに細い枝を伸ばす小木が無数にあって、生け花をする人が細かい葉や、小さな花をつけている枝を買いにきていた。滝谷はその畑を好きになったらしく、床几を持って小木のあいだに入り、和田加奈女が鋏《はさみ》を使って小枝を切るのを眺めていることがあった。

　和田家具の従業員の何人かは、滝谷が住んでいるアパートを知っていた。毎晩酒を飲んで、風呂にも入らず寝床にもぐり込むのも知っていた。

　滝谷は和田家具に約三年勤めた。ナナカマドの葉が紅くなりはじめた好天の日、彼は作業場に立っていた和田に向かって、「お世話になりましたが、きょうかぎりで辞めさせてもらいます」といい、いつも昼食に招んでくれた加奈女にも挨拶して、辞める理由もいわず去っていった。その後、アパートには一週間ぐらいいたらしいが、家賃を清算して退去した。

「金遣いはどうでしたか。たとえば夜になると、裏町などへ飲みに行くとか」

道原が和田にきいた。裏町は松本市の盛り場である。

「さあどうだったでしょうか。私は彼と一緒に酒を飲んだのは、お花見の時だけでした」

「酒は強そうでしたか」

「強かったと思います。注いであげると、一気に飲み干していましたので」

「滝谷が住んでいたアパートの部屋を、見たことがありますか」

「ありません」

「滝谷が住んでいたアパートを訪ねたことのある従業員は、何人もいそうですか」

道原がいうと、和田は従業員の一人を呼び寄せた。頭の大きい今西《いまにし》という三十代半ばの男だ。

「あなたは、アパートに住んでいた滝谷さんの部屋へ上がったことがあったんですね」

「何度もお邪魔しました」

「どんな部屋に住んでいましたか」

「六畳一間に台所です。使った食器を流しに置きっぱなしになっていたので、行くたびに洗ってあげました。六畳間には布団も敷きっぱなしになっていました。私がお邪魔すると、にこにこして、すぐに茶碗に酒を注いでくれました。私も酒は好きなほうでしたので、一緒に。——いつもご馳走になっているので、一升瓶を提げていくこともありました」

「滝谷さんは、酒が強かったんですね」

道原は目を細めてきいた。

「若いときは強いほうといわれていたようですが、歳のせいか茶碗に三杯ぐらい飲むと、居眠りをはじめました」

滝谷はどんな話をしたのかをきいた。

「家具に関することばかりです。こんな整理簞笥を造ったとか、しゃれた茶簞笥の注文に応えたとか」

「裏町などへ飲みに行くことはなかったのでしょうか」

「なかったと思います。アパートへ帰るとすぐにテレビをつけて、ニュースを観ていました。滝谷さんの好きな番組は動物でした。チャンネルをまわして、動物を扱う番組をさがしていました。お笑い番組には興味どころか、嫌いだといっていました。あ、そうそう。滝谷さんは工場からの帰りに、スーパーへ寄って、魚の刺身を買って、それを肴《さかな》にして飲んでいたんです。——毎日、同じような肴で飽きないかってきいたことがあります。刺身は何種類かあるので、飽きないといっていました。それから好きな物は稲荷ずしです。週のうち一度は稲荷ずしで酒を飲んでいました。そのほかに好きな物は、きゅうりの塩漬けと、醬油味のしみた煎餅《せんべい》」

「滝谷さんは、からだが丈夫だったんですね」

道原はノートにメモを取りながらきいた。

「一度、風邪をひいたのか、咳《せき》がとまらないといって、日に何回か薬を服《の》んでいました。そのほかに病気をしたことはなかったようでした」

好きな女性はいなかったのか、と道原はきいた。

「お付き合いをしている人はいなかったようです。滝谷さんは、和田社長の奥さんを好きだったんです。色白で、すらりとした背の器量よしですので、緑家と名付けた小木や草花の畑の中から、植物の手入れをしている加奈女さんを眺めていました。加奈女さんのほうも、見られているのを知っていたようでした」

「酒の肴に刺身を買っていたが、そのほかに贅《ぜい》沢《たく》は」

「一年中、同じような物を着ていたし、遊びにお金を遣うようなところもありませんでした」

「たとえば、連休に海外旅行をするとか」

「いいえ。休みの日は――。あ、思い出しました。和田家具に勤めているあいだに、たしか二回、横浜へ行ってきたといったことがありました。横浜は出身地だったようです」

「横浜は広い。どこへ行ってきたとか、なにを見たというようなことは話しましたか」

道原はノートをめくった。滝谷は横浜市で義務教育を終え、木工所へ勤めている。知り合いがいて、その人を訪ねていったのではないか。

「いいえ。横浜へ行ってきたといっただけでした。学校を出て、就職したのも横浜だったと、きいた憶えがあります」

今西はそういってから、額に手をあてて目を瞑った。

「思い出しました。横浜の木工所を辞めてから、クリーニング店に勤めていたことがあるといっていました」

「商売ちがいですね。なんという店だったかを話しましたか」

　道原はペンを動かしながらきいた。

「店の名をきいたと思いますが、忘れました。そこは大きい店で、滝谷さんがやっていた仕事は、仕分けといって、クリーニングの種類を分ける作業。面白いことがいくつもあったと、笑いながら話してくれました」

「面白いこと――」

　道原はノートから目をはなした。

「仕分け作業は、上着やコートのポケット掃除といってポケットの中をさぐるんです。色の出る物を水洗いすると大変なことになるので。するとたまに千円札や硬貨が入っていることがある。持主に返すのが礼儀だろうが、自分のモノにしてしまう。女性の名刺が入っていたり、たたんだ手書きの地図が入っていたこともある。指輪が入っていたこともあって、それは持主の家へ持って行ったといっていました」

　滝谷の経歴書には、クリーニング店勤務は書かれていなかった。彼は木工所勤務に飽きたので転職したのではないか。

　母親と二人暮らしだったが、母親は丈夫な人だったのだろうか。

「そういえば、滝谷さんから、お母さんのことを詳しくきいた憶えがありません。二人暮らしで、いつもお母さんと向かい合って、黙ってご飯を食べたとはいっていました」

　母親はとうに亡くなっているだろうが、どんな人だったろうかと、道原はふと思った。

「滝谷は、勤め先をいくつも変えたが、経済的にはどうだったか」

道原は、今西の顔を見ながら小首をかしげた。

「旨そうな刺身をちょくちょく買うくらいですから、経済的には余裕があったのでしょうね。私は家では酒を飲まないいし、鮪《まぐろ》の刺身なんか、年に一、二度しか食べられません」

今西は大きい頭をかたむけたが、

「岸本《きしもと》も、滝谷さんの部屋へ何度か行っているので、彼からも——」

といって、一礼した。和田は、

「そうだった。岸本も何度か行ったといってたな」

といって、部屋を出て行った。
五、六分経って和田は、細身の背の高い男を連れてもどってきた。長身の男は岸本で、三十代後半だった。刑事の前へすわらされたからか、顔は強張っている。
「あなたは、滝谷さんの部屋を、何度も訪ねていたんですね」

道原は岸本の面長な顔にきいた。

「三、四回、五回ぐらいだったかもしれません」

「滝谷さんから、遊びにこないかと誘われたんですか」

「そうでした。最初に誘われたとき、滝谷さんは、将棋を指すか碁を打つのだと思いました。行ってみると、ただ酒を飲んで話をするだけでした」

「滝谷さんは、どんな話を——」

「思い出話です」

「思い出話というと、以前勤めていた老人ホームや、クリーニング店の――」

「え、老人ホームに勤めていたんですか。それは知りませんでした。何回も話したのは、横浜の木工所でのことでした。仕事を覚えたてのころ、鋸の柄や鉋で、よく頭を殴られたことや、月に一度は横浜の南京街へ食事に連れていってもらった思い出を、繰り返し話していました」

岸本はそういって、顔を天井に向けて目を瞑った。「たしか春だったと思います」とつぶやいてから、

「滝谷さんの部屋へ行こうと近づいたら、滝谷さんの部屋から黄色のセーターの女の人が飛び出てきて、私とぶつかりそうになりました。その女性は顔を隠すようにして、走っていきました。私は滝谷さんに、たったいま、若い女性が出て行ったがと話しました。滝谷さんはたしか、『ああ、知り合いの娘《こ》だ』といったような気がします。私はその女性のことをすぐに忘れましたけど、四、五日後に、梓川で黄色のセーターの若い女性の遺体が見つかったという報道がありました。何日間かその女性の身元は分からなかったようでした。私は今も、ぶつかりそうになった女性の黄色のセーターを憶えています」

道原と吉村は顔を見合わせて、岸本の記憶をメモした。

道原と吉村は署にもどると、「梓川で遺体で発見された黄色のセーターの女性」に関する報告書を繰った。

五年前の四月十三日、梓川の中央橋の下流四百メートルの中洲で、若い女性の溺死体《できしたい》が見つかった。女性は黄色のセーターに紺のズボン。付近をさがしたが女性の持ち物らしい物は見つからなかった。水浴びができる季節でもないのに、なぜ川に入ったのかは不明。身投げの可能性も考えられる、となっていた。

四月二十四日、横浜市中区《なか》の紀平頼子《きひらよりこ》という四十七歳の女性が署を訪れ、新聞に出ていた梓川の遺体は娘ではないか。娘のかほりは四月のはじめに信州へ出掛けたが、十日経っても二十日を過ぎても帰ってこないし、連絡もない。梓川で遺体で発見された若い女性が、かほりに似ているようだったので、といった。

係官は、遺体の特徴とともに写真を見せた。

「かほりです」

頼子は大きい声を出すと、両手で顔をおおって泣き出した。彼女の話では二十三歳のかほりは、勤め先を休んで、松本と上高地を訪ねるといって出発した。松本市内に知り合いの人がいるので、その人にも会うつもりだといっていた。

「松本市内の知り合いとは、どなたのことですか」

係官は頼子にきいた。

「知りません。毎日が忙しいし、疲れていたので、きかなかったんです。迂闊《うかつ》でした」

頼子は、関内《かんない》駅の近くでおでん屋をやっていた。かほりは伊勢佐木町《いせざきちょう》の書店に勤めていて、かねてから松本城を見学して、上高地で穂高《ほたか》を眺めたいといっていた。

頼子は二年前に会社員の夫を交通事故で失い、かほりとの二人暮らしになっていた――

4

「あなたは、紀平かほりという女性と知り合いだったね」

道原は、滝谷文高の表情が変化するのを期待してきいた。

「知りません」

滝谷は、「どこの人か」とはきかなかった。

「五年ほど前の夜だ。黄色のセーターを着た若い女性が、あんたの部屋を訪ねている」

「若い女性になんか、わたしは縁がない」

「住所が横浜市中区の紀平かほりという女性だ。その女性は黄色のセーターを着ていた。紀平頼子という人の一人娘。松本城を見学し、上高地を散策するつもりでやってきた。松本に知り合いの人がいるので、その人にも会うつもりだったらしい。その知り合いとは、あんただったんじゃないか。よく考えて、慎重に答えてもらいたい」

「知らないっていってるでしょ」

「その女性は、あんたの部屋から逃げるように飛び出てきた。あんたは、紀平かほりさんを押し倒そうとでもしたんじゃないのか。そんなことをする人とは思わないので、彼女はあんたの部屋へ上がったんだろうね」

「勝手に想像するがいい」

滝谷は横を向いたが、三分間ぐらいわずかに顎を震わせていた。

「紀平かほりさんは、梓川で溺死体で発見されたが、それは知っているだろうね」

滝谷は答えなかった。彼は、かほりの死亡を新聞かテレビで知ったにちがいない。自殺するはずがないので、なぜ死亡したのかを考えたにちがいない。

「かほりさんは、何者かに殺されたんじゃないかって、あんたは想像したんじゃないのか」

滝谷は下を向いて、うなずくような曖昧《あいまい》な恰好をした。

道原と吉村は、あらためて今西と岸本に会って、滝谷の持ち物を見たことがあるかをきいた。

「持ち物とおっしゃいますと」

「頑丈そうな函とか、大きいバッグとか」

「そういう物を持っていたとしたら、押入れにしまっているでしょうね」

二人は、滝谷の部屋で、頑丈そうな函や大型のバッグなどを見たことはないといった。

滝谷は、盗みをはたらいたり、人に乱暴なことをしたわけでもなさそうなので、課長と話し合って彼を泳がせることにした。

「これからどこへ行くつもりですか」

道原がきいた。

「どこへ行くかは決めていません」

「あんたは子どものころ、横浜に住んでいた。最初に就職したのも横浜だった。知り合いもいるでしょうね」

「さあ――」

滝谷は頭を掻いた。

道原はあらためて滝谷の顔をにらんだ。警察へ連れてこられて、刑事に囲まれるようにして質問されているのに、平然としているらしい。一見、肝がすわっているようだ。いいかえれば、平然と嘘も述べそうなのだ。

「もう一度きくが、あんたはけさ、稲倉の北沢家の蔵の前に立っていた。どこからかやってきて、稲倉へ着いた。そうだね」

道原は、ペンをにぎってきいた。

「ええ」

小さい声だ。

「昨夜、泊まったところがあったはずだが、そこはどこ」

「神社の横に、小屋があったので、そこで」

夜を明かしたということらしい。

「その小屋で何泊かしたのか」

「一晩だけです」

「それまでは、どこに泊まっていた」

「旅館です」

「旅館には何日も滞在していたのか」

二泊したといったので、旅館の名と場所をきいた。

「浅間《あさま》温泉の菊仙《きくせん》」

吉村は部屋を出ていった。菊仙という旅館へ、滝谷文高の宿泊を確認するのだろう。

「菊仙へ泊まるまでは、どこかに住んでいたのだろうね」

滝谷は二、三分経ってから「ええ」と返事をした。

住んでいた場所を正確に答えなさいというと、

松本市岡田松岡《おかだまつおか》のアルプス荘というアパートだと答えた。

捜査員はそれを確認するために署を出て行った。

「そのアパートからは、穂高が見えたんじゃないか」

「天気のいい日は見えました」

「山に登ったことは」

「ありません」

彼は、ぶっきらぼうないい方をした。

「そこには何年住んで、どこかに勤めていたのか」

「二、三年かな」

他人事のような曖昧なことをいった。

「アルプス荘を退去したんだね」

「ええ」

「あんたは、和田家具に三年ばかり勤めていた。和田家具の後は、どこに勤めていた」

滝谷は首を横に振った。職歴は和田家具が最後ということらしい。

「働かなくても暮らしていける蓄《たくわ》えがあった、ということだね」

滝谷はその質問に答えず、もの欲しそうに口を動かした。

道原はペンをにぎっているが、滝谷の答えていることがなんとなく曖昧に感じられ、同じ質問を繰り返していた。滝谷は何度かあくびをこらえるような表情をした。道原は思い付くことをきいていたが、滝谷の左手甲に何度も視線をあてた。三、四センチ、刃物かガラスのようなもので切られた古い傷痕である。

道原は腕を伸ばして、滝谷の左腕を摑んで引っ張った。

「どこで怪我をしたんだ」

「いちご園にいるとき、畑の中に落ちてたブリキの板の切れっ端で」

彼は下を向いて答えた。

「大怪我だったな」

「ええ」

滝谷は左手を隠すように、テーブルの下へ引っ込めた。

「医者へ行かなかったのか」

「ええ。血が出ただけでしたから」

道原は、「左手の甲。縦に刃物で切られたような傷痕」と、ノートに書きつけた。手の甲には太い血管が綾のように浮いている。そこを縦に三、四センチ切ったのだから、出血は尋常ではなかったはずである。畑の中に落ちていたブリキ板で切ったというのが、真実かどうかは疑わしかった。

道原は椅子を立つと滝谷の頭や顔を見てから、隣室へ移り、いちご園へ電話して、岩波を呼んだ。

「ご苦労さまでございます」

岩波は電話で静かにいった。

「いま、滝谷文高さんから話をきいています」

「滝谷はなにかを――」

「けさ、稲倉の農家の庭に立っていました。農家の人は親切で、暖かい部屋へ入れて、朝飯を与えたんです」

「それは、まるで、ホームレスのようですが」

「そのとおりです。その家から電話がきたので、私たちはその農家から滝谷さんを、署へ連れてきて、農家の庭に立っていた理由《わけ》をきいているところです」

「滝谷は、七十歳になっているのでは」

「そうです。いちご園を退めてから、わりに大きい家具店に勤めて、そこを最近辞めて、ぶらぶらしていたようですが、なんとなく不審に見えるところがあるので。——ひとつ伺いたいのは、彼の左手の甲には、刃物で切られたような傷痕がありますが、憶えていらっしゃいますか」

「左手の甲、傷痕——。あったかな。いや、なかったと思います。ここを辞めてからの怪我の痕ではないでしょうか」

「滝谷さんは、いちご園に勤めているあいだに、畑の中に落ちていたブリキ板で切った傷の痕だといっています」

「いいえ。ここに勤めているあいだに、そのような怪我はしていません」

岩波は、自信ありげにいってから、なにかを思い出そうとしているのか、少しのあいだ黙っていたが、低い声で話しはじめた。

「警察には記録があるはずですが、七年前の五月、このいちご園の職員だった伊久間《いくま》信輝《のぶてる》が、安曇野市内で事件に遭いました」

「憶えています。その事件当時、私は安曇野署員でした」

伊久間が殺された事件は未解決である。それは南東の空に円《まる》い月が昇っている午後八時すぎ、通行人が小川の岸辺に倒れている人を見つけて一一〇番した。駆けつけた安曇野署員に伊久間は、腹に手をあててかすれ声で、「やられた」と一言いって息を引き取った。その右手にはナイフが握られていた。当時三十六歳の伊久間は、日ごろナイフを携行しているような男ではなかった。

警察はナイフに付着の血液を検《しら》べた。当然だが伊久間の血液が検出された。が、他人の血液は検出されなかった。

伊久間の住所は、松本市洞。なぜ事件の起きた安曇野市豊科にいたのかは不明だったが、こういう推測をした職員がいた。

滝谷文高はいちご園を退職した。住まいを引き払って転居することにした。その滝谷の後を伊久間が尾けた。なぜかというと、毎日、いちご園の自室で自分の紙幣を数えていた古賀鍾一の部屋から、札束を収めていた函とともに札束が消えた。古賀の家族の話から札束は三千万円あまりといわれていた。その現金が函ごと失くなり、そのショックで古賀は死亡した。函ごと現金を盗んだのは滝谷ではと疑っていた職員がいた。伊久間はその一人で、滝谷の尻尾を摑もうと、彼の転居のあとを尾けたのではないか。滝谷は伊久間の尾行に気付き、隠し持っていたナイフの鞘《さや》を払ったものと想像した。その想像は捜査員の耳にも届いたが、証拠を摑むことはできなかった。

彼は安曇野市三郷《みさと》のアパートに入居した。

安曇野署員には、いちご園退職後の滝谷の動向を調べた捜査員の報告書があるが、ごく質素な生活をしている男とか、懸命に就職先をさがしているもようとなっている。

第二章　YOKOHAMA

1

松本署は滝谷文高に対して、さまざまな角度から事情をきいた。

「親からきいたことだと思うが、あんたはどこで生まれた」

道原は顔をななめにしている滝谷を見ながらきいた。

「さっき、話しましたよ」

「あらためてきいてるんだ」

「横浜の松影《まつかげ》町、中区です。そこに住んでいたけど、おふくろは実家の豊科へ帰って、私を産んだということです」

滝谷は何度きくのだといっているように面倒くさそうに口をゆがめて答えた。

道原は、彼の経歴書に目をあて直すと、それを閉じた。滝谷はほっとしたような顔を道原に向けた。

「これから、どうする。どこへ行くつもりなのか」

　彼は目玉をくるりと回転させてから、横浜へ行くつもりだと答えた。

「以前、横浜に住んでいたのだから、知り合いがいるだろうね」

「いないと思います。私のことを覚えている人なんて、いません」

　道原は、五、六分のあいだ、なにもいわずに滝谷を観察していた。滝谷は刑事に観察されているのが分かっているらしく、頭を掻《か》いたり顔をこすったりしていた。

「あんたは、手になにも持っていなかった。日常、必要な道具類はどこかへ、預けているんだね」

「所帯道具というほどのものではないけど、主に着る物を、ロッカーへ入れてきました」

「どこのロッカーへ」

「松本駅です」

「寝具や調理に使っていた物は」

「捨てました」

　課長が道原の肩を軽く叩いた。滝谷を泳がせるので、解放しろという。

「お金は持っているんだね」

と、滝谷にきいた。

「はい、少しは」

　彼は下を向いて返事をした。

「いろいろきいて悪かった。横浜へ行くといったが、気を付けて」

　道原は立ち上がった。滝谷は大儀そうにテーブルに両手をついて立った。道原の顔をひとにらみして、吉村が開けたドアへ向かった。

滝谷は署の庭に出ると、後ろを振り返った。署の建物を見るように二分ばかり立っていた。

彼が署の門を出たところで、道原、吉村、シマコの三人は滝谷を追った。

滝谷は、広い道路の左右に首をまわしてゆっくりと渡った。彼は何度も通ったことがあるように穴《あな》田《だ》川と田《た》川に架かる渚《なぎさ》橋を渡り、松本駅に着いた。コインロッカーを開けて薄茶色のバッグを取り出した。別のロッカーを開けた。二か所に荷物を入れているらしい。別のロッカーの中は異状がないかを確かめたようだ。彼が手にしたバッグはふくらんでいる。衣服でも入れているのか重そうだ。彼はそれを提げて駅の東口へ出て、駅前の大通りを東に進み、市民館前を北へ折れた。ゆっくりだが馴《な》れたところを歩いているようだ。

コーヒー色の窓枠のカフェへ入った。だれかと会うのだろうか。

シマコがカフェの店内をのぞいた。滝谷は壁際の席で背中を向けて、コーヒーを飲んでいるらしいという。けさ、農家の庭にぼんやりと立っていた老人とは思えない。

彼はその店に一時間十分いて、重たそうなバッグを提げて出てくると、北へ約二百メートル歩いたところの城東ホテルへ入った。午後五時五分だった。どうやら宿泊するらしい。道原たち三人は、「意外だ」というふうに顔を見合わせた。横浜へ行くといったのに、松本へ泊まる。吉村は署へもどろうといったが、

「食事に出掛けるかもしれない」

道原が、もう少し監視をつづけることにしようと二人にいった。

その勘はあたっていて、滝谷は午後七時にホテルのエレベーターを出てきた。彼は風呂を使ってきたらしい。無精髭《ぶしょうひげ》を剃《そ》って、なんとなくいきいきしているように見えた。

ホテルの玄関を出ると、左右に目を配ってから裏町方向へ歩き、「たちばな」という割烹《かっぽう》料理店へ入った。どうやら初めて入る店ではないらしい。

「なんだか、われわれを、からかっているみたい」

吉村がいって、路面を蹴《け》った。

だれかと会いそうな気がした。店をのぞくと滝谷は背中を向けて酒を飲んでいる。旨そうなものを肴《さかな》にしているようだ。彼は迷わずこの店へ入ったのだから、何度も利用したところなのだろう。

彼は、たちばなに一時間二十分いて、店を出てきた。

「裏町のバーへでも行くのでは」

吉村がいったが、滝谷はホテルへ向かった。酒を飲んだが足取りは乱れていない。常に背中に刑事の目を意識しているようでもある。

ホテルにもどった。

「予想を裏切られたような気がする」

吉村がホテルの玄関をにらんでいった。

「裏切っているんだ。われわれの尾行が、彼には分かっているんだよ」

道原は、奥歯を噛《か》んだ。

三人は次の朝、六時に城東ホテルのロビーへ入った。別べつのソファにすわって、新聞を広げていた。

滝谷は八時にエレベーターを出てきた。玄関を二、三歩出ると両手を広げ、天突き体操をしてからロビーにもどり、立ったまま新聞を広げた。道原たちは新聞で顔を隠しているが、滝谷は刑事の張り込みを見破っていそうだ。

滝谷は四十分で朝食のレストランを出てきた。手には白い紙包みを持っている。エレベーターに乗る前に、後ろを振り向いた。

四時間経っても正午を過ぎても、彼はフロントに現れなかった。

「あっ、ヤツが持っていた紙包み」

吉村がいった。それはパンだったのだろう。昼食だったのだ。

滝谷は、昨日と同じ服装で、バッグを提げて午後三時にフロントへ現れた。料金は現金で払ったようだ。

ホテルを出た彼は松本城方面へ向かって、ゆっくりと歩き、城の裏側の開智《かいち》に出て、道路から開智学校の建物を眺め、タバコを喫った。五、六分立ちどまっていた。建物を見学するわけではなく、足下へ置いたバッグを持ち上げると十分ばかり北を向いて歩き、アメニティホテルへ入った。

「泊まるのかしら」

シマコが首をかしげた。

滝谷は、おどおどしたり、後ろを振り向いたりせず、ホテルを使いつけているようにチェックインして、エレベーターへ消えた。彼が泊まる部屋は五階らしい。

「松本に二泊。なにか目的がありそうだが」

道原たち三人は、ホテルの玄関が見えるところへ車をとめている。

午後七時十分。滝谷はなにも持たずにホテルを出ると、城の裏を通って、市役所近くの「深《ふか》味家《みや》」という料理屋へ入った。

「きょうは、だれかに会いそうな気がする」

吉村がいったが、滝谷は壁を向いて椅子にすわり、銚子をかたむけていた。今夜も値の張る肴を口に運んでいるようだ。

「なんのために松本にいるのでしょうか」

シマコだ。

「分からん」

道原は、料理屋から漏れている灯りをにらんで首を振った。想像できるのは、刑事の尾行をまくためだろう。彼は、いちご園で暮らしているあいだ、自室に籠《こも》って紙幣を数えていた古賀鍾一という入居者の持ち金を盗んだ犯人ではとにらまれている。盗んだという証拠がないので追及されていないが、嫌疑は晴れていない。疑われたくなければ、質素な暮らし方をしそうだが、その逆をいっている。それは故意ではないかと道原はにらんでいる。質素をこころがけると、逆に疑われると考えているようにも受け取れるのだ。

彼は深味家で日本酒を何本か飲んだが、どんな肴を腹に収めたか分からない。が、一時間半ほどいて出てくると、道路で深呼吸をし、周囲をぐるりと見まわして、ゆっくり歩き出した。楽しくはないが怖いものはない、というふうな歩きかたをしてホテルへもどった。だれにも会っていない。料理屋の人と短い会話をしただけだ。

「わたし、きのうからそう思っていたけど、滝谷って不気味な男ですね」

ホテルへ入った滝谷を見とどけると、シマコがいった。

滝谷文高は悠然と歩いている。尾けたければどこまでも付いてこいといっているようだが、両肩からは光った棘《とげ》が何本も突き出ている――

2

次の日の朝、午前十時十分に滝谷は、昨夜の酒が残っているような赤い顔をしてアメニティホテルの玄関を出てきた。何年ものあいだ使ってきたらしい茶革のバッグを抱いて、玄関前にとまっていたタクシーに乗った。

刑事の古畑《ふるはた》の運転する車は、そのタクシーを尾けた。けさは道原と吉村と古畑の三人だ。

「遠方でしょうか」

古畑がいったが、滝谷は松本駅東口で降りた。

「きょうは横浜へ行くんじゃないか」

道原がいった。が、その想像ははずれていた。

滝谷が小走りに改札口を通って、ホームにとまっていた列車に乗ったのは、名古屋《なごや》行きの特急「しなの」だった。道原と吉村もその列車に飛び乗った。滝谷は前方ドアから三番目の席にすわり、バッグから週刊誌のような物を取り出した。この列車は松本を出ると塩尻《しおじり》、木曽福島《きそふくしま》、中津川《なかつがわ》、多治見《たじみ》に停まって約二時間で名古屋に着く。

滝谷はなにかを読んでいるのか、一度も席を立たなかった。終点の名古屋で降りると、早足で新幹線ホームへ移り「のぞみ」に乗った。

「遠方へ行くらしい」

道原はいったが、彼は三十分ぐらいで席を立った。

「京都か」

吉村がつぶやいた。松本を出たときは、横浜へ行くものと予想していたので意外な気がした。京都にはどんな用事か。だれかに会うのか。

改札を出た滝谷はバッグを床に置いて、右左に首をまわしていたが、駅ビルの中のレストランへ入った。毎日、三度の食事を欠かさないらしい。すぐに出てくるメニューを選んだのか、彼はカレーを食べた。道原の腹の虫は口を開けて、「なにかを」といっていたが、そっと撫《な》でてなだめた。

カレーを食べ終えた滝谷は、売店で菓子を買った。紙袋を提げると腕の時計を見て、せわしげに歩き、タクシーに乗った。道原たちは次のタクシーに乗って、前の車を尾けてくれと頼んだ。帽子をアミダにしていた運転手はかぶり直した。

滝谷が乗ったタクシーは、京都の街を北西に斜めに走っているようだった。

そのタクシーは、意外な場所にとまった。そこは化野念仏寺《あだしのねんぶつじ》入口だった。滝谷は細い坂道を駆けるようにのぼり、拝観料を払った。

彼が足をとめたところは普通の寺とは異なっていた。いきなり墓場である。墓石がいくつも立っているのではなく、河原で拾ったような石が無数に整然と並んでいて、小石仏群の丘といった風情だ。昔この近くには死体の捨て場があった。彼はこの墓石群に向かって手を合わせると、石仏の群集墳を一周して、坂を下った。初めて訪れたのではなさそうだ。墓石群をぐるりとまわった足取りには馴れが見えた。この寺と墓地に参っただけでなく、べつの目的があるようだ。

彼は商店街に出ると、みやげ物店やカフェに首をまわしながら三、四分歩いて、古い家にはさまれた路地に入った。知り合いの家でもあるのだろうか。

彼の足がとまったところは、あちこちに補修の跡が見える二階屋。声を掛けてから引き戸を開けて入った。

道原と吉村は二十分ばかり滝谷が入った玄関を見ていたが、なんの変化も起きなかった。知り合いの人の家にちがいないが、彼とはどういうつながりかを知りたかった。

道原は隣家のインターホンに呼び掛けた。

「どうぞ、お入りください」

女性の声がそういった。

その家のたたきには、白いスニーカーとつっかけがそろえられていた。六十代見当の小柄の女性が出てきて、頭を下げた。

道原は身分証を見せ、隣家に住んでいるのはどういう人かを知りたいといった。

「ご苦労さまです。どうぞお掛けください」

主婦らしい女性は上がり口を指差した。

「お隣りに住んでいるのは北見静香《きたみしずか》さんという方で、お歳は六十ぐらいです」

北見静香は一昨年の秋に、京都市内で交通事故に遭って、事故直後は病院に入っていた。どうにか歩けるようになると、空き家だった隣家を借りて、住みはじめた。一人暮らしだが、この近所の山元《やまもと》あき子《こ》という女性を家事手伝いに雇った。四十歳ぐらいのあき子は毎日通ってくる。静香の体調がすぐれない日は、夜間も付き添っている。夜間に医師の往診を頼んだこともある。

「痩せぎすのとてもきれいな方です」

主婦は北見静香のことをいった。

「北見さんは、京都の人ですか」

「東京にお住まいになっていた方のようです。京都見物においでになって、事故に遭ったのです」

「住んでいたところには、家族がいたでしょうね」

「三十代ぐらいのご夫婦らしい方が、お見えになったことがあります」

道原は、ある男を尾行していたとはいわず、

「先ほど、初老に見える男の人が、隣の家へ入

りました」

「髪が少し薄くなった、中背の方ではないでしょうか」

道原は、「そうだ」と答えた。

「その方、何度か。たしか滝谷さんというお名前では」

主婦は名字まで憶えている。会話をしたことがあるかをきくと、

「一度、北見さんの前で、お話を伺ったことがあります。長野、いえ、松本市にお住まいだときいたような気がいたします」

主婦の記憶は正確ではないようだったが、道原はうなずいて見せた。

主婦は二人の刑事を座敷へ招いた。

「北見さんは、滝谷さんと一緒に京都観光においでになっていたとき、大覚寺《だいかくじ》の近くで交通事故に遭ったということです。轢《ひ》き逃げだそうです。滝谷さんは、その車のナンバーを、長崎か長野だといっていました。警察にもそれを伝えているそうですけど、車の特定にはいたっていないようです。――当然ですが、怪我をした北見さんは病院へ運ばれました」

「北見さんの怪我は重かったんですね」

「重傷だったのでしょうね。いまも杖を突いていますし、視力も低下して、本も新聞も読むことができないようです。――先月のことでした。朝方、地震があって、揺れているあいだにベッドを出て、簞笥《たんす》に頭をぶつけたといっていました。あき子さんは、地震があったら布団をかぶって、じっとしているのよって、北見さんに何

度もいっていました」

道原は、北見静香と滝谷文高はどういう間柄なのかを知っているか、と主婦にきいた。

「何年も前からお付き合いをしている間柄だと思います。一緒に旅行していたのに、北見さんにだけ怪我を負わせてしまった、といったことがありました」

主婦はそういってから、はっと息を吐いて、道原と吉村の顔を見直した。二人が刑事で、滝谷を尾行していたことに気付いたようだ。

「滝谷さんは、どういう方なのですか」

主婦は真剣な目をしてきいた。

「以前は、家具づくりの職人でしたが、老人ホームに勤めていた時期もありました。現在は無職のようです」

「刑事さんは、滝谷さんのなにかをお調べになっていらっしゃるのですか」

道原は、滝谷は、どこでだれに会うのか、なにをしようとしているのかを知るために、尾行していた、といいかけたが、首をかしげただけで、主婦の質問には答えなかった。

「滝谷さんは京都にくると、何日間か滞在しますか」

「三、四日、ここにいらっしゃるときもあります。お手伝いのあき子さんと一緒にお買い物をなさっているのを、見たことがあります。――刑事さんは、滝谷さんの後を尾けておいでになった。滝谷さんは、なにかの事件にかかわったということでしょうか」

主婦は、滝谷の素性を知りたいらしい。

「素性がよく分かっていないので、それを知る必要があって」

道原は、曖昧な応え方をした。

主婦は、二人の刑事が、松本市から来たことを考えているらしかった。

北見静香はなにをしていた人かを知っているかを、主婦にきいた。

「横浜で、会社勤めをしていたことがあると話していたことがあります。その会社は、船の修理をしていて、一日中、歯が浮きそうな音をさせていたといっていました」

「横浜――」

吉村がつぶやいてノートにメモをした。

「ご免ください」

玄関で女性の声がした。

「あき子さんです」

主婦は玄関へ出ていった。彼女は、「ありがとう」とか、「あとで」とかといって、紙袋を持って座敷へもどってきた。

「滝谷さんからの頂き物を、あき子さんが」

といった。滝谷が京都駅ビルの売店で買った菓子の裾分《すそわ》けに訪れたのだった。

3

松本市内のホテルに泊まっていた滝谷文高は、刑事の予想を裏切って京都へやってきた。七千体とも八千体ともいわれている化野念仏寺の石仏群に参拝して、商店街の路地奥の一軒屋へ入った。その家には交通事故に遭って大怪我を負

った北見静香という女性が静養の日を送ってい
る。
　滝谷という男は、いつも背中に刑事の目を意
識しているのではないか。
　彼は刑事の尾行を意識しているのか、松本市
内で食事をし、ホテルに泊まった。横浜に縁の
ある人間だから横浜へ行くものと道原たちは予
想していたが、意外にも京都へ足を延ばした。
小ズルく、逃げたり隠れたりはしていない。悠
然とお茶を飲み、食事を摂っている。道原らの
刑事が、彼の実像を知るために行動をにらんで
いるのだが、じつは彼が刑事を見ているように
も受け取れる。
　滝谷は京都嵯峨《さが》を訪ねた。そこにはかねて親
しくしていた北見静香という女性が、静養の
日々を送っているのを、道原たちは知った。そ
れは滝谷文高の一面だった。
　道原は課長に、滝谷に京都に着いてからの行
動を報告した。
「北見静香という女性は、怪我を治すためにそ
こに住んでいるんだね」
　課長はきいた。
「そのようで、ほかに目的はないようです」
「どこにいた人なんだ」
「隣家の主婦の話では、横浜にいた人のようで
す。京都が好きで、何度か観光に訪れていた。
交通事故に遭って、運び込まれた病院の医師の
手当てや、人柄が気に入ったので、京都での静
養を思い立ったようです」

無職の滝谷は、何日か北見静香の傍らにいると思うので、一泊のあと帰署するつもりだ、と道原はいった。

課長は、「そうか」といったあと、滝谷の行動に変化が起きるかもしれないので、何日間か監視すべきだといった。

道原は課長に了解を伝えると、吉村とともに商店街を歩き、小ぢんまりとしたレストランへ入った。その店の壁には、色とりどりの小さな唐傘がいくつも飾られていた。二人が食べた牡《か》蠣《き》の定食は旨かった。

食事をすませてから、北見静香が住んでいる家の前を通って、再び隣家へ声を掛けた。滝谷がいるかを確かめたのである。

「わたしはさっき、お礼をいいに北見さんのところへ行きました。お見舞いにこられたのは滝谷さんというお名前でしたね。滝谷さんは、北見さんの横で手枕をしていました。これまでどんな仕事をなさっていたのか、からだのわりに腕と手の指の太い方だと思いました」

「奥さんは、滝谷さんと話をされましたか」

「はい。滝谷さんのほうから話しかけてきて、北見さんの体調がだいぶよくなってきたので、横浜へ引き揚げるつもりだと、話しました」

「横浜へ」

「北見さんは、横浜に住んでおられたそうです」

横浜へ引っ越すのはいつなのかを、道原は主婦にきいた。

「北見さんは、あした病院へ行って、先生の話をきいて、体調がよければ、すぐにでもといっていました」

主婦はそういったが、顔をしかめるようにして額に皺《しわ》を立てた。

「刑事さんは、滝谷さんを追いかけておいでになったのでしたね」

道原は、「そうだ」というふうに顎を引いた。

「滝谷さんは、どんなお仕事をされていた方なのですか」

「何年か前は、老人ホームに勤めていましたが、最近は無職のようです」

「刑事さんが、後を尾けてこられた」

主婦は、滝谷の素性を詳しく知りたいようだが、道原は、きかれても話さないことにした。

道原と吉村は、北見静香のいる家を横目に入れて素通りした。少し東に寄った嵯峨釈迦堂《しゃかどう》の近くに旅館があるのが分かったので、そこを今夜の宿にすることにした。

「嵯峨で観たいお寺があるんだが」

道原は歩きながら吉村にいった。

「どこですか」

「二尊院《にそんいん》。君は行ったことがあるのか」

「高校生のときに、一度」

総門の先につづく紅葉の馬場が美しい、と吉村がいった。

二尊院に着いた。ゆるやかに高さを上げている広い参道の馬場の両側に十人ばかりの観光客が写真を撮りながら、声を上げて本堂へ向かっていた。発遣《はっけん》の釈迦如来《しゃかにょらい》と来迎《らいごう》の阿弥陀《あみだ》如来を本尊とするために二尊院と呼ばれている名刹《めいさつ》だ。

この寺には、名家、文人などの墓が多いことでも知られている。公家や豪商を檀家に迎えて栄えたからだ。

道原と吉村は、堂々として美しい建物に目を惹かれ、日暮れ近い墓地をめぐった。


北見静香が診てもらっている病院は右京《うきょう》警察署の近くだった。

翌朝、道原と吉村は、病院へ行く三人の後を尾けた。三人というのは、患者の静香と、滝谷と、家事手伝いのあき子である。静香はベージュのコートを着ていて、裾から紺のパンツが出ていた。踵《かかと》の低い靴は光っている。滝谷はグレーの厚手の生地のスーツ。紺のシャツ。あき子は黒のハーフコートだ。

道原と吉村は、病院の庭の隅で出入口を見ながらぶらぶらと歩いたり、しゃがんだりしていた。

二時間を過ぎたところへ、三人は病院を出てきた。タクシーが二台とまっていたが、三人は乗らず縦に並んで、病院の前の広い道路を渡った。右京署の前を通って、薄茶色の塀のある料理屋へ入った。昼食を摂るのだ。京都には似たようなつくりの料理屋が多い。

「畜生」

吉村が三人が入った料理屋をにらんでつぶやいた。近所にはレストランやカフェはなさそうだ。二人は左右を見ながら歩いて、コンビニを見つけた。細い川を見ながらパンを食べ、ボトルの水を飲んだ。雲が動いていて、ときどき陽差しを遮った。

料理屋へ入った三人は、一時間半後に出てきて、タクシーを拾った。どこへも寄らず、嵯峨の路地奥の一軒屋へもどった。道原と吉村は、路地口が見えるところに立っていた。五、六人の観光客が、みやげ物店をのぞきながら歩いていた。日暮れになると、吹いてくる風が冷たかった。

二人がにらんでいる路地口から滝谷が、バッグを肩に掛けて出てきた。すぐにタクシーが寄ってきた。電話で呼んでいたようだ。

「帰るのかな」

道原がそういったところへ、運よくタクシーが走ってきた。五、六十メートル先を走っているタクシーを尾けてもらった。

「彼は、どこへ帰るのか」

吉村だ。

振り返ってみると滝谷は住所不定だ。松本市内のホテルに宿泊していて、京都へやってきたのだった。

京都駅に着くと滝谷は早足になった。とても七十歳の人には見えない歩き方だ。

彼は、十七時二十一分に京都を発つ新幹線の「のぞみ」に乗った。松本へもどるつもりなら名古屋で降りるのだろうが、彼は席をはなれなかった。道原たちはいくつか後ろの席から滝谷の頭を見つづけていた。列車は約三十分後に名古屋に着いて、二分後に発車した。次の停車駅は新横浜だ。

「東京へ行くのか」

吉村があらためて滝谷を見るように背伸びをした。

「新横浜かも」

道原の推測はあたっていた。列車が新横浜に近づいたというアナウンスがはじまると滝谷の頭は動いた。道原と吉村は中腰になった。

列車を下りた滝谷はゆっくり歩いた。急いで歩く必要がないといっているようだ。彼はバッグを肩に掛けた。京都へ向かうときよりも、バッグの中身は減っているように見えた。

彼は、背中になにかを感じてか、二度、後ろを振り返ってからタクシーに乗った。

「われわれの尾行に、気付いているんじゃないでしょうか」

吉村だ。

「警戒はしているようだが、気付いてはいないらしい」

道原たちもタクシーに乗り、

「あの青い色のタクシーを尾けて」

と指示した。運転手は気を引き締めるように帽子の鍔《つば》に手をやった。

滝谷が乗ったタクシーは市の中心部に向かって二十分あまり走り、横浜スタジアムのある横浜公園近くのキッズヨコハマホテルに着いた。

「だれかに会うのでしょうか」

吉村はいったが、滝谷は、ホテル利用に馴れているように、フロントの前へ立ってペンを持った。宿泊だ。

彼は四十分後に一階のロビーを横切った。シャワーを浴びて無精髭をおとしてきたらしく、さっぱりとした顔をしている。ラウンジ横を通って、「キング」というレストランへ入った。

「畜生」

吉村は床を蹴った。靴が脱げそうになった。

ホテルの玄関を出ると、右手に赤い灯が見えた。近づくとラーメンの店だった。店内にはいい匂いがただよっている。二人は、ラーメンとぎょうざを頼み、

「一杯飲《や》ろう」

といってビールを頼んだ。少年のような顔の女性が、瓶のビールを運んできた。

「ご苦労さん」

道原はいって、吉村のグラスを満たした。

「滝谷はこれからずっとホテル暮らしをつづけるわけではないでしょうね」

吉村は旨そうにビールを飲み、ぎょうざを追加した。

あすにも、住むところをさがすだろう、と道原がいった。

「横浜には住んでいたことがあるらしい。横浜が好きなのかもしれませんね。道原さんは横浜の地理に詳しいですか」

吉村は唇に付いたビールの泡を指で拭《ぬぐ》った。

「詳しいどころか、右も左も分からない。なにかで読んだ覚えがあるが、街の変貌《へんぼう》は日本一で、人口増が数年つづいているらしい」

「テレビでよく観るけど、中心部は高層ビルが林立しているようです」

「外国の豪華客船の着く大さん橋はあるし、港の見える丘公園や、外国人墓地や、中華街は、

昔から有名だ」

「三年ぐらい前でしたけど、横浜の加賀町《かがまち》署の刑事が、事件関係者のことをききにきました」

薬物取引きなどの犯罪も少なくないらしい。

「横浜の地名の由来ですが、なぜ横が付くんでしょうか」

吉村は道原のグラスにビールを注いだ。

「横は、水平方向に長く伸びた砂州。つまり横に長い浜らしい」

吉村は、再度ぎょうざのお代わりを頼んだ。

彼は酢をたっぷり付けてぎょうざを食べる。顔が少し赤くなった。箸にザーサイをはさんだが、それに酢を付けた。酔いがまわってきたようだ。

道原は店の人にビジネスホテルが近くにあるかをきいた。

「大桟橋通りにあります」

店の人がそういって、メモ用紙に簡単な地図を描いてくれた。

4

十月六日、晴れ。滝谷文高は午前十時に、ホテルを出てきた。手になにも持っていなかった。きょうは白髪が目立っている。

加賀町署の前を通って、中華街入口の善隣門をくぐり、大通りをゆっくり歩いた。あちこちに四、五人のグループがいて、中華レストランのウィンドウをのぞいたりしている。彼はけばけばしい色のレストランのウィンドウには興味がないらしく、前を向いて歩いて、朝陽門を出ると大通りを山下公園に向った。この公園には「かもめの水兵さん」などの童謡の記念碑がいくつも立っている。滝谷は海に浮いている氷川《ひかわ》丸《まる》を見てから、からだをくるりとまわしてマリンタワーを仰いだ。ポケットからタバコとライターを出し、気持ちよさそうに鼻からも煙を吐いた。どうやらきょうは横浜観光らしい。海からの風は髪を掻きまわしたが、寒くはなかった。西のほうからの白い雲が海を泳いでいる。

滝谷は横浜に住んでいたので、その間に港の船を見たり、年々姿を変えていく中心街を歩いたことが、たびたびあったろうと思うが、きょうの彼は、遠方から訪れた観光客のようだ。

みなとみらい線の元町・中華街駅近くのカフェに入った。

「なんとなく裕福な暮らしをしている、初老といった感じですね」

滝谷が入った店を見て、吉村がいった。

「妻や子がいるわけでもない。住んでいる家もない。——負担を感じるものがない」

道原はそういった瞬間、滝谷の経済を想像した。

彼はたびたびタクシーを使う。カフェや料理屋に入る。ホテルに泊まる。決まった住所がないことを苦にしてはいないようにも見える。

滝谷は、カフェでパンを食べ、コーヒーを飲んだのか、口を動かしながら店を出てくると、南を向いた。元町プラザを通り越すと外国人墓地へ入った。そこには十数人の観光客がいて、写真を撮り合っていた。滝谷はカメラを持っていないのか。スマホで撮影しようともせず、案内板を読んでいた。

墓地公園には入らず、東を向いて港の見える丘公園へ移った。そこには観光客が大勢いた。散策路はバラの木にはさまれていて、建物や池や、花をつけたバラを写生している人が何人もいた。海を眺め、海を背に写真を撮り合っている若い人たちは、みな笑っていた。

どこからでも見えるのは、横浜ランドマークタワーだ。その高さは二百九十六メートルで、地上七十階建てだと、ものの本で読んだ記憶がある。

滝谷は公園の西端へ寄って海を向いた。横浜の代表はやはり港だ。山下公園を越えた先に国際客船ターミナルがあって、白いビルのような客船が着いていた。開港の丘といわれている一画が象の鼻パークの先に見えた。

彼は、マリンタワーを右に見て、ときどき空を仰ぐようにして、中華街を突き抜けてキッズヨコハマホテルへもどった。横浜市には何年ものあいだ住んでいたが、彼の記憶を占めている横浜は、高層ビルが林立する冷たい空気のよどむ街ではないのかもしれない。

滝谷は部屋でひと眠りしたのか、午後八時近くにエレベーターを出てきて、館内のレストランへ入った。

「彼は、このホテルへ住みつづけるつもりでしようか」

吉村はロビーの柱へもたれていった。

「どうかな」

道原は、「なにか食いたい」と口を開けている腹をおさえた。滝谷が入ったレストランをひとにらみして、中華街へ向かった。二階へ案内された。客は二組いるだけだった。

吉村はメニューを見て、「上海《シャンハイ》焼きそばにシユウマイ」といった。道原も同じものにして、ウイスキーの水割りをオーダーした。

翌朝、滝谷はスマホを手にしてレストランを出てくると、ロビーで小さな紙を見ながら電話を掛けた。言葉はきこえなかったが、四、五分話していた。電話を終えて十分もすると、四十代ぐらいの体格のいい男がやってきた。滝谷と男はロビーのソファで話しはじめた。男は鞄から白い用紙を何枚も出し、手を動かしながら滝谷と会話した。二人は二十分ばかり話し合うと立ち上がった。

男は車を玄関に着けて滝谷を乗せた。道原たちはその車の後をタクシーで追った。

滝谷を乗せた車が着いたところは、横浜市西区の東ヶ丘《あずまがおか》というところ。京急本線の日ノ出町《ひのでちょう》駅の近くだ。運転していた男は車のドアを開けて滝谷を降ろした。二人は車がやっと通れるくらいのうす暗い路地を入った。古い木造二階建ての玄関の戸を男が開けた。中間にガラス窓のついているドアである。二人はドアの中へ消えた。

「空き家だ。滝谷が借りるのだろう」

二人は三十分ばかり家の中にいて、出てくると外からその二階屋を眺めた。男が指さしてなにかを説明しているようだ。

二人は三十分ばかり空き家を出入りしていたが、車にもどった。
十四、五分で「明星社《めいせいしゃ》」という名札の出ている事務所に着いた。空き家物件などを扱う不動産会社なのだろう。
「滝谷は、いま見てきた空き家を借りるのでしょうね」

吉村は、明星社を撮影した。

「家賃はどれぐらいでしょうね」

「大都会の一軒屋だから、松本の比じゃないだろうな」

体格のいい男は、キッズヨコハマホテルへ滝谷を送った。きょうの滝谷はいい客なのだろう。

滝谷は昼寝でもしているのか、ロビーへ出てこなかった。

道原と吉村は、ロビーのソファで、壁を向いてコンビニで買ったパンを食べた。

滝谷は今夜もこのホテルに泊まるらしい、と二人が話していた午後三時すぎ、手にはなにも持たずエレベーターを出てきた。大桟橋通りを港のほうへ向かって歩き、「ホテル発祥の地」の看板を見て右に曲がった。広いガラスに白いカーテンを張ったレストランへ入った。足取りには馴れが見えた。何度も入ったことのある店らしい。その店に約一時間いて出てくると、立ちどまって国際客船ターミナルの大さん橋を眺めているのか、じっと海を向いていた。あちらこちらに灯が点いた。灯りを点けた白い船が新港橋をくぐって見えなくなった。

次の日の朝十時半に、明星社の体格のいい男が車でホテルへやってきた。車に滝谷を乗せて東ヶ丘の空き家へ送った。車でやってきた帽子をかぶった男が、テレビを抱えて玄関へ入った。

テレビが正午を伝えたとき、京都にいた北見静香とあき子がタクシーでやってきた。二人ともふくらんだバッグを持っていた。道原は静香に注目していたが、足取りはしっかりしていた。どうやら彼女は、滝谷が借りた古い二階屋に住むようだ。あき子は、これからも静香に付き添っているのだろうか。

ワゴン車がやってきた。若い男女が下りると、後部から寝具やいくつかの段ボール箱を出して家の中へ運び込んだ。家財の手配は明星社の男が請け負ったようだ。

五十代の夫婦らしい二人が、花を抱えてやってきた。二人は玄関へ入る前に家を見まわすような恰好をした。

「たぶん、あの家の持ち主でしょう」

吉村が推測を口にした。

夕暮れが訪れた。烏が二羽、北のほうへ舞っていく。滝谷たちが住まいにした家の一階にも二階にも灯りが点いた。小型車から白い帽子の若い男が降りた。すし屋だ。明星社の男が帽子の男に代金を払った。

今夜から、滝谷と静香らの新しい生活《くらし》がはじまる。滝谷はこれからも無職のままなのか。静香は足の便のいい病院をさがすにちがいない。

第三章　怒濤

1

滝谷文高は住むための家を見つけて、落ち着いたようだ。そこへ親密な間柄の北見静香を迎えて同居をはじめた。京都で静養していた彼女には家事手伝いのあき子が付いている。

滝谷は丈夫そうだし、実年齢よりいくつも若く見える。前に住んでいた人が置いていったのか、玄関に立てかけてあったらしい野球のバットを持ち出して振っていた。彼にはこれといってやることがないらしい、と道原は課長に電話で報告した。帰署するつもりだがどうかときいたのだ。

「疲れていると思うが、もう一日、二日、滝谷を観察していてくれ。毎日、横浜の港を眺めに出掛けるとは思えない」

道原も、滝谷の行動をつづけて見る必要を感じていた。

次の日の午前十時、滝谷は厚手の上着で出掛けた。髭を剃《そ》ったらしく、顔は色白に見えた。桜木町《さくらぎちょう》駅方面へ十四、五分歩いて、ハローワークへ入った。三十分ほどして、白い紙を手にして出てきた。けさの空は曇っている。

彼は雨を気にしてか、空を仰いで首をまわした。手にした白い紙を何度も見て、大岡川《おおおかがわ》を渡った。小型トラックが二台とまっている灰色のビルをじっと見ていたが、気を引き締めたように拳を握って、そのビルへ入った。入口には「鶴亀製菓《つるかめせいか》」の看板が出ている。

「面接だな。応募するんだ」

道原が社名看板を見ながらいった。

「働く気があるようですね」

吉村は社名看板を撮影した。

「鶴亀製菓は、たしか醬油味の煎餅《せんべい》を作っています。コンビニで買ったことがあります」

吉村はノートにメモをした。

滝谷は約一時間経って出てきた。手にはブルーの花模様が描かれた紙袋を提げている。鶴亀製菓の菓子を贈られたにちがいない。

「七十歳の彼は、採用されたでしょうか」

吉村は、東を向いて歩きはじめた滝谷の背中を見ていった。どのような作業に就くのかを知りたいようだ。

「健康で、働く意思さえあれば、会社は、彼がやれる仕事を考えるだろう」

道原は、滝谷がこれまで歩んできた道筋を振り返った。彼は腕のいい指物職人だった。独立して作業場を設け、仕事を請け負うことが可能だったが、一か所に落ち着くことができない性分らしく、何か所かの木工所に勤め、老人ホームの雑役も経験してきている。世間には彼と同じような道を歩んできた人が、数え切れないほどいるだろうが、滝谷文高だけは異色だ。結婚したことがない。両親は疾《と》うに亡くなっているが、係累がいない。気ままな独り暮らしをつづけて七十歳になった。タバコは喫うし酒を飲む。それだけではない。高級ホテルに平然と泊まり歩くし、食事を奢《おご》る――

鶴亀製菓を出た彼は、北見静香が住むことになった家へもどるものとみていたが、なにを思い付いてか、大岡川を渡ったところでタクシーを拾った。背を丸くして乗り込む彼は鈍色《にびいろ》に見えた。

大さん橋入口でタクシーを降りると、クリーム色のビルの一階のレストランへ入った。彼を尾行した道原たちもタクシーを捨てた。滝谷が入ったレストランからは、女性がうたうYOKOHAMAのタイトルの歌謡曲が流れていた。

道路の反対側にラーメンの看板の店が目に入った。道原と吉村はその店へ飛び込むように入って、ラーメンを食べた。

ラーメン屋を出て二十分後に、滝谷は赤みのさした顔色をしてレストランを出てきた。海岸通りまで歩くと、象の鼻パークを歩き、海を越えて赤レンガパークを眺めた。

「彼は、横浜の港が好きなんだろうな」

道原は滝谷の姿を遠くに見ていった。

「菓子屋じゃなくて、海岸通りのどこかへ就職すればよかったのに」

吉村の目も、小さくなってゆく滝谷の背中を追っていた。

滝谷の足は丈夫らしい。歩き方も速い。彼はみなとみらい線の馬車道《ばしゃみち》駅近くでフルーツを買った。赤と黄色の果物は小振りの籠《かご》に入った。

帰宅した。屋根と電線に烏《からす》がとまっていた。

彼が帰宅して三十分もすると、小型トラックが着いた。若い男が荷台から自転車を下ろした。中古車らしい。玄関から出てきた滝谷は自転車のハンドルに手を触れ、若い男と会話をした。道原は滝谷の白い歯と笑顔を初めて目にした。

翌朝、滝谷は、自転車で鶴亀製菓へ出勤した。斜めの位置から約二時間、会社の出入口をにらんでいたが、滝谷は姿を見せなかった。

三船課長から道原に電話が入った。

「ご苦労さま。疲れただろう。帰ってきてくれ」

いい終わると課長は、爆発するようなくしゃみをした。

長野県警は神奈川県警を通じて、横浜市西区東ヶ丘に住みはじめた滝谷文高および同居人の行動監視を依頼した。

現地の警察からは一日おきに、滝谷と同居人の外出先などの報告があった。

滝谷は、月曜から金曜まで、ときには土曜日も鶴亀製菓に自転車で出勤している。彼は製造現場のライン要員ではなく、担当は不用品の片付けや清掃など。製造現場の始業は午前八時五十分だが、彼は午前八時三十分には出勤している。終業は午後五時。彼は午後五時三十分まで清掃作業に就いている。作業中は他の社員とはほとんど会話をしない。昼食には持参した弁当を食べているが、いつも食堂を利用せず、出荷口に腰掛けているという。

入社して一か月が経過した。が、親しくなったらしい社員はいないようだといわれている。


自宅の静香は、大岡川対岸の森北《もりきた》病院へ週に一度のわりで通っている。あき子に付き添われて午前中に診察を受け、京急本線日ノ出町駅近くのレストランで昼食を摂った。この一か月のあいだに一度だけ、港の見える丘公園へあき子とともに行き、フランス山やイギリス館をバックに写真を撮り、港を向いて長いこと海を眺めて帰宅した。

静香は以前からそうなのか、ひどく痩せている。歩きかたはのろく、歩きながら何度かあき子の肩につかまった。

京都にいるときにきいたことだが、静香に重傷を負わせた乗用車のナンバーの頭文字は「長」だったという。このことを彼女も同伴の滝谷も警察に伝えてある。

静香とあき子は散歩中に、ペットショップを見つけて店内に入った。静香は猫が好きなのか飼いたいのか、白と黒毛で金色の瞳の仔猫をじっと見ていたし、かごに手を入れて指を嚙《か》ませていた。猫を飼うには滝谷の同意が必要なのだろう。それと、店員に仔猫の値段をきいて、手を引っ込めた。

天気のいい日曜は、昼前に三人で散歩に出掛ける。川沿いを歩いたり、桜木町近くのレストランへ入ったりしている、という報告が松本署へ伝えられていた。近所の人たちには滝谷を、経済的に余裕のある人と映っているようだった。

滝谷たちが横浜で暮らしはじめて三か月近くが経って、年が変わった。

好天の一月三日である。玄関を一歩外へ出たあき子が、ドアを閉めて部屋へもどり、立ったまま新聞を広げていた滝谷に、

「妙な物が、ドアの外にあります」

といった。

「妙な物――」

滝谷は新聞を棄てるように床に置いた。

「函のような、光っているような」

「函のような――」

滝谷はガラス窓の付いた玄関ドアを開けた。コンクリートの床に置かれている物を一目見ると、結んだ両手を胸にあてた。床にある物は、茶色で光っていて、木目《もくめ》が鮮やかに浮いている。滝谷にはそれが栗の木製であるのが分かった。ニスで化粧して光った高さ二十センチほどの函である。唾《つば》を飲み込んだ彼は厚さ一センチほどの函の蓋を開けた。中にはなにも入っていなかった。腕のいい指物職人の手にかかった物であることが彼には分かった。

「捨ててください」

彼は、口を半開きにしているあき子にいった。

「捨てる。立派な、きれいな物なのに」

「捨てて」

滝谷は、あき子をにらんだ。

「こんなにきれいな物が、どうしてここに——」

あき子はしゃがんで、両手で函の蓋《ふた》を持ち上げた。紙一枚入っていなかった。彼女は蓋をもどすと首をかしげた。

「捨ててくれって、いってるでしょ」

あき子は滝谷の剣幕に驚いてか、函から手をはなして二、三歩退いた。

滝谷は、靴箱に立てかけてあったバットを摑むと振り上げ、床に置かれている栗の木の函に真上から一撃をくわえた。蓋は割れて口を開けた。彼は、この世で最も憎いものを目の前にしているように、バットを握り直すと横に振った。函の側面は乾いた音とともに割れ、無惨な姿になった。

あき子はしゃがんだまま手を合わせていたが、滝谷の剣幕に圧倒され、額に青筋を浮かせ、両手で顔をおおった。

玄関での物音に驚いたらしく、静香が出てきた。彼女は、バットを摑んでいる滝谷に光った目を向けたが、無言で毀《こわ》れた函板を拾い集めた。

その日、三人は口を利かなかった。

あき子が郵便受けをのぞいた。年賀状が一通と、文面が真っ黒いはがきが入っていた。賀状は京都東山区にいるあき子の妹からだった。文面が真っ黒いはがきの差出人は手書きで「色葉落葉枝」。住所は「松本市」となっていた。そのはがきを滝谷は、静香とあき子の目の前で破った。

「ここの住所を、だれとだれに教えている」

滝谷は静香とあき子にきいた。

「京都にいる両親と妹にです」

あき子が答えた。

静香は、松本にいる弟には教えているといった。

あき子は、切り餅を七枚焼いた。滝谷の皿には三枚のせた。テレビは午後七時のニュースを報じたが、三人ともそれを観なかった。

2

一月四日、滝谷は鶴亀製菓へ出勤したが、午後四時に帰ってきた。仕事始めのきょうは、午前中だけで機械を止めた、と静香とあき子の顔を見ていった。

夕方から風が出てきて、気温が下がった。午後十一時半、隣の布団に寝ている静香が、

「玄関のドアを、だれかが叩いているよ」

と、滝谷にいった。彼は起き上がり、ガウンを羽織って玄関へ向かった。電灯を点けず、玄関ドアのガラス窓をのぞいた。が、視界に人影は入らなかった。

寝床にもどって十分もすると、

「ドアを叩いている人がいるよ」

静香は上半身を起こした。

滝谷にはドアを叩く音はきこえなかった。

滝谷は静香の布団に入って、彼女を抱きしめた。

旧年と変わらず滝谷の自転車通勤はつづいた。六十代の社長は、作業中の滝谷の肩を叩き、

「あんたの誕生日はいつなの」

ときいた。

「九月です」

「丈夫そうだが、一つ年を重ねることになる。無理をしないように」

滝谷は姿勢を正して、頭を下げた。

鶴亀製菓は新しく生姜《しょうが》味の煎餅を出したが、これが好調で、生産ラインは一時間半の残業がつづくことになった。

滝谷は、割れた煎餅をポリ袋に入れて持ち帰って、静香とあき子に食べさせた。

二人とも、「おいしい」といった。滝谷が二人の笑顔を見たのは久しぶりだった。


三月下旬、今年は温暖で、サクラの開花は例年よりも早いという予報がテレビに流れた。

「松本城のサクラが満開になるのは、四月中旬でしたね」

静香はテレビのほうを向いていった。彼女には弟が一人いる。安曇野市に住んでいて、市内の精密機械メーカーに勤めている。その弟には娘が二人いて、上の娘が四月には結婚する。静香は弟に電話してそれを知った。

「結婚式に出席してあげたいけど、からだの具合が気になるので」

と、電話で伝えた。弟との電話中に彼女はすすり泣いた。なにが哀しいかというと、弟の声が懐かしかったからだ。

四月初めの日曜日の夕方、滝谷は静香とあき子とともに中華街の善隣門をくぐった。

中華街を歩いて知ったことだが、いくつかの道筋には北京小路、上海小路、香港小路などの名が付いていていたし、中華学院があることも知った。

三人は大通り沿いの店に入った。二階の個室に案内され、メニューを開いた。

「わたし、滝谷さんと静香さんに雇われなかったら、こんなにおいしい料理を、頂く機会はなかったと思います」

あき子は、赤い海老《えび》を小皿に移しながらいった。静香はスープをすくいながらうなずいていた。滝谷は中国の酒に酔った。額に浮く汗を何度も拭《ぬぐ》った。

滝谷はふと、過去のいくつかの自分の誕生日を思い出した。

母が健在のころだ。横浜に住んでいた。嬉しかったのは小学生のときのことだ。夕飯どきだったが母は、「おめでとう」といって、紅白の餅を円い卓袱台に置いた。菓子など買ったことのない母の奮発であった。紅い餅も、白い餅も心地よい手ざわりだった。彼はその餅を、母の顔を見ながら口に入れようとしたが、「ちょっと待って」と母はいって、戸棚から小皿を出した。それには彼が見たことのない緑色の植物の種のような物がのっていた。母はそれを指で摘んで餅の上にのせ、「食べて」といった。のちに知ったのだが、その植物の種のような物は、塩漬けの紫蘇《しそ》の実であった。

滝谷はいまも夕飯に、塩漬けの紫蘇の実を添える日がある。

昼間は晴れていたが、夜の風は冷たかった。あき子の鼻歌をききながら中華街の門をくぐって帰宅した。玄関ドアの鍵をバッグから出して一歩踏み出した静香が、悲鳴を上げた。ドアにくっつくように鈍く光った物が置かれていた。栗の木製の函である。

滝谷は心臓の音をきいた。彼は函を蹴ってドアを開けると、バットを摑んだ。静香とあき子を屋内へ入れると彼は、振りかぶったバットを函めがけて振り下ろした。蓋は二つに割れて函の内部を曝《さら》した。空函だった。彼は函の肚《はら》にバットを打ちつけた。函は動物の悲鳴のような音とともに毀《こわ》れた。静香とあき子はたたきで抱き合って震えていた。

滝谷の目に栗の木の函は生き物のように映った。蒼い顔をして、蓋と函を蹴《け》った。あき子が毀れた函の板を拾って、夜道を逃げるように、川のほうへ走った。

静香とあき子は、なぜ同じような大きさの光った函が、玄関先へ置かれるのかを考えているにちがいなかった。バットで函を叩き割る滝谷の姿と蒼い顔を思い出して、両手で顔をおおっているようだった。二人は函のことを口にしなかった。滝谷に対して何者かの脅迫であるのを感じ取ったにちがいなかった。函は捨てたが、玄関にはバットが靴箱にもたれている。二人は玄関へ下りるさい、バットを見ないように目を瞑《つむ》るにちがいなかった。

「引っ越そう」

風呂から上がった滝谷が、突然いった。

静香とあき子は顔を見合わせたが、なにもいわなかった。

真夜中に二度、静香は滝谷の顔をのぞいた。何者かから脅迫を受けているにちがいない滝谷が哀れに映った。「引っ越そう」と吐くように言った声が、耳朶にこびり付いていた。

滝谷はそれまでと同じように、鶴亀製菓へ出勤した。夕方、帰宅すると、玄関へ出てきた静香に、「会社を辞めてきた」といい、「なぜ辞めるのかってきかれたけど、なにも答えなかった。変わり者だと思われているだろうな」

といって、ズボンの埃《ほこり》を払うような手つきをした。

テレビをつけると、伊豆地方での地震のニュースが映った。

「新潟は地震がないだろうな」

といってから、「何年も前だが新潟には、大きい地震があったよな」と、いい直した。

「新潟がどうしたの」

静香がきいた。

「新潟へ引っ越そう。横浜は人の数が多いし、ビルばかりだし、空気が良くない」

「新潟には、知り合いの方がいるの」

「いや。いない。何年も前に新潟市へ旅行したが、街はきれいだった。横浜とは反対側の日本海。海の色も横浜とは違う。だいいち空気がきれいだから、からだにはいい」

滝谷と静香の会話はあき子の耳に入っているにちがいないが、なにもいわずに夕食の支度をしていた。

「そうだ。新潟へ引っ越して落ち着いたら、佐《さ》渡《ど》へ行こう。荒波に揉《も》まれた魚が旨いらしい」

「佐渡へは、行ったことがないの」

静香は白いべったら漬けを噛んだ。

「ないんだ。一度は行ってみたいと思っている土地のひとつ」

「ほかにも行ってみたいところがあるのね」

「北海道の積丹《しゃこたん》半島に突き出ている神威《かむい》岬」

「そこも日本海ね」

静香はぽつりといって、味噌汁を飲んだ。

あき子は正座して自分の茶碗に軽くご飯を盛ると、赤い小梅を二つのせ、焙《あぶ》ったベーコンで二人より先に食べ終えた。

滝谷と静香が日本海の観光地を話し合っているのに、その会話には加わらなかった。

二日後、あき子がレンタカーの白いワゴン車を借りてきた。三人はその車に、寝具や食器類を詰め込んだ段ボール函を積んだ。

静香とあき子は、車に乗る前に住んでいた家に顔を向けていたが、滝谷は車の座席で機嫌を損ねたように目を瞑っていた。

車の運転はあき子だ。彼女がブレーキをかけるたびに助手席の滝谷は、「慎重にね」といった。

北陸自動車道の信濃《しなの》川を越えたところで、渋滞があったが、あとは順調に走行でき、長岡《ながおか》、燕《つばめ》を越えて新潟市に着いた。新潟西インターを降りると西へ走った。寄居浜《よりいはま》で三人は車を降りて海を向いた。真っ赤に燃えた夕陽が佐渡の向こうへ落ちていくのを、三人は息を飲むようにして眺めていた。

「こんなに、ゆっくり、夕陽を眺めたの、初めて」

静香は胸に手をあてていった。

「わたしも」

あき子は静香の半歩後ろでつぶやいた。

滝谷は、無意識のうちに手を合わせていた。肚の底で、何事も起こらないことを祈っていた。

三人は、信濃川に近いホテルに泊まることにした。

「長時間の運転で疲れただろう」

滝谷はあき子にいった。

「少し。でも、わたし、車の運転が好きですので」

三人はホテルを出ると天ぷらの店へ入った。

静香は、まだ車に乗っているようだといって、野菜の天ぷらを二つ食べただけで、吸い物の椀を口にかたむけていた。

あき子の食欲は旺盛《おうせい》で、ビールを飲みながら、野菜と魚の天ぷらをいくつも食べた。

食事をすませて、繁華街を歩きはじめたが、静香は道路の端へしゃがみ込んだ。あき子は静香の背中を撫でていた。

ホテルでは、静香の希望であき子と同じ部屋で寝むことにした。

滝谷は翌朝、しらしら明けの街を歩いた。小柄な少女が、朝刊を抱えて、走りながら配っていた。彼女は歩いている人に会うと、「おはようございます」と、明るい声を出した。

滝谷は街の中のマンションを見ながら歩いた。「空室あり」の看板の出ているマンションが目に入ったので、メモを取った。

朝食を摂りながらマンションの話をすると、

「贅沢《ぜいたく》でしょうけど、わたしは一軒屋のほうがいい」

と、静香がいった。

「じゃあ、空き家をさがそう」

滝谷は、芥子《からし》を加えた納豆をご飯にかけた。

静香はパンをちぎっていた。

あき子は、山に盛ったご飯に赤い梅干しを埋め、黄色の沢庵をいくつものせた。

滝谷とあき子は、ご飯のあとコーヒーを飲んでいた。

だが、静香は色の薄いお茶を飲んでいた。

朝食が済むと、静香を部屋に残して不動産案内の事務所をさがした。

萬代橋《ばんだいばし》が見える花町の「めぐみ商会」という不動産屋に入った。頭に毛のない店主が、「空き家は何軒もあります」といって、滝谷とあき子を車に乗せた。

3

滝谷が店主に、「海の近くがいいのだが」というと、

「西区の五十嵐《いからし》に、いい家があります。一軒は新潟大学の近くで、西側は五十嵐浜です。別の一軒は、内野上新町《うちのかみしんまち》で海水浴場が近くです」

いずれも日本海岸近くのようだ。

滝谷とあき子は、両方の空き家を見せてもらうことにした。

大学のすぐ近くの家は灰色の壁の二階屋で、一階にも二階にも和室が二間あった。築五年ぐらいで、二た月前まで大学教授が住んでいたという。

内野上新町の家の外装はモダンである。壁は緑色で窓枠はコーヒーのような色をしていた。一階は洋間、二階の二た部屋は和室だという。玄関の前に立つと、警官が自転車で通った。滝谷は顔を海のほうへ向けた。

「素敵。この家のほうがいいわね」

あき子は自分だけが住むようなことをいった。その家も大学教授が住んでいたという。二階の窓を開けると、風とともに潮《うしお》の香りがただよってきた。蒼い海には白波が浮いていた。滝谷は両方の家の外と内を撮影した。写真を見た静香は、あき子と同じような感想を口にしそうな気がした。

ホテルにもどると、静香はベッドに入っていた。

「いい家があるよ」

滝谷はベッドに椅子を寄せて、静香に写真を見せた。灰色の壁の家の写真を見た彼女はなにもいわなかったが、緑色の壁の家の写真を見ると表情を変え、

「うわあ、モダンね」

といって、しばらく写真から目を離さなかった。

「すぐに入居できるが、どちらにする」

　滝谷がきくと、彼女は、緑の壁の家は家賃が高そうだといった。

「それは気にしなくていい」

「わたしのために、お金を遣わせるわね」

　静香はあき子と同じで、緑の壁の家に住みたい、と、遠慮がちにいった。

　次の日、曇り空だったが雨の心配はなさそうだった。朝食のあと、静香を連れて、緑の壁の家を見に行くことにした。静香は服装をととのえたあと、何度も鏡の前に立った。両手で頰を軽く叩いたりした。人目を気にしているようだ。

　三人はタクシーで、緑の壁の家へ着いた。左右に二階建ての家があるが、いずれとも五、六メートルはなれている。


「素敵」

　静香は一目見てその家を気に入ったようだ。だが、

「家賃は高いのでしょうね」

　と、玄関ドアの前でいった。

　滝谷がめぐみ商会へ電話しておいたので、店主が車でやってきた。彼はにこにこ顔で静香とあき子に挨拶《あいさつ》して玄関ドアに鍵を差し込んだ。

　二階の窓を開けると、海の風が入ってきた。

「あれが、佐渡なの」

　静香は黒い島影を指さした。きのうよりもけさの風は冷たかった。静香は海を向きながらセーターの襟を摑んだ。

　砂浜を洗う波の音は、近くなったり、遠くなったりした。海面すれすれに白い鳥が飛んでい

た。

滝谷が店主に、

「こちらのほうを借りることにします」

緑の家の二階でいった。

店主はうなずくと、決まりになっているので
といって、鞄から書類を出した。賃貸契約の関
係書類である。

滝谷は自分の氏名を書いた。

「三人でお住まいになるのでしたら、みなさん
のお名前とお歳をお願いいたします」

店主は何度も、「決まりになっているので」

を繰り返した。

「ご主人の職業もお願いいたします」

「内装工事業としておいてください」

店主は書類の端にエンピツでメモした。

北見静香は無職、山元あき子は家事手伝いと
した。滝谷は鞄を引き寄せて横に置くと、厚み
のある紙袋から紙幣を取り出した。契約金と前
家賃の支払いをした。店主は太い指で札を数え
た。
静香とあき子は窓へ首を突き出して、潮風を
吸っていた。
店主が帰ると、ワゴン車に積んだままにして
いた所帯道具を運び込んだ。家具がないので屋
内は広く感じられた。あき子は一階、滝谷と静
香は二階で住むことにした。
海の上の灰色の雲が西へ流れた。海面が輝き
はじめた。
「釣りをしましょうね」
あき子がいった。

「どんな魚が釣れるのかしら」

静香だ。

「鮪では」

「まさか」

静香とあき子は顔を見合わせて笑った。

白砂の海水浴場では、静香とあき子は靴を脱いだ。二人は足の裏が温かいといった。静香は小さい貝を拾った。波打ち際の黒ぐろとした岩が寄せる波に裾を洗われていた。岩の上には釣り人がいた。

「なにが釣れるんですか」

あき子が大声できいた。釣り人は振り返らず首を横に振った。

海上を白い鳥も黒い鳥も飛んでいた。黒い鳥は海面に突き刺さるように急降下した。

あき子は靴を履くと、

「近くに買い物のできる店があるのかしら」

彼女の頭には食事のことがひらめいたらしい。

「歩いてみましょう」

静香が靴を履きながらいった。

二階建ての家が十数軒海を向いているが、人の姿は見えなかった。

釣竿をかついだ初老の男が、岩へ近づいてきた。あき子はその男に、近所にスーパーのような店はあるのかときいた。

「大きい店じゃないけど」

男は、クリーム色の壁の家を指さし、あの家の横の道を六、七分行ったところに日の出屋という食品店がある、と教えた。この周辺の家の人たちは、車で買い物に行っているのではないか、と滝谷は二人にいった。

　夕方、滝谷は自転車に乗って日の出屋を見に行った。あき子にいわれた野菜と魚を買い、棚に並んでいた日本酒のなかから新潟の酒を選んで買った。三人の毎日の食事には、この店の食材で充分だとみて外へ出ると、二十代に見える男が、滝谷の自転車にまたがっていた。彼はとっさに、乗り逃げに気付いて、買った物を地面へ置くと、自転車のハンドルを摑んだ。若い男は顔色を変えて自転車から降りた。滝谷はその男の後ろ首を摑むと、足を蹴って倒した。額を地面に押しつけ、腹も背中も蹴り、頭を踏みつけた。その執拗《しつよう》な暴行を見ていた人たちが、とめに入った。「やり過ぎだ」という男の声がした。暴行を受けた若い男は鼻からも口からも血を流して、這《は》うようにして逃げ去った。それを見ていた十人ほどの女性たちは、胸に手をやり、滝谷を凍ったような目で見ていた。

　滝谷は、買った物を前籠に入れて自転車を漕《こ》いだ。女性たちの目から逃れるために必死に漕いだ。額には冷たい汗がにじんだ。

　家に着くとあき子が、「ご苦労さまでした」といって、買ってきた物を受け取ったが、シャツの襟と袖に血が付いているといって、眉間《みけん》に皺《しわ》をつくった。

「ああ、鼻をかんだときに――」

　彼はとっさにいったが、あき子は冷たい表情をして、シャツを脱ぐようにといった。

　静香は二階から音をたてずに降りてくると、滝谷とあき子の顔を見比べ、

「なにがあったの」

ときいた。

「鼻血を出したんですって」

あき子はいって、調理台のほうを向いた。

夕食の片付けがすんだあと、三人は二階の窓辺で海のほうを向いた。暗い空間に白い波頭だけが見えた。海はごうと鳴っていた。空を仰いだ。星屑の夜だった。

夜空を仰ぐと滝谷の目には母の顔と姿が浮かぶ。たぶん母は粗末な装いをしていたと思う。星空が好きだったのか、母は小学生の滝谷を外へ呼び出した。「手をつなごう」といった。母の手は氷のように冷たい日があった。横浜の松《まつ》影《かげ》町というところに住んでいて、中村《なかむら》川の岸辺の暗がりを選んで歩いた。母は滝谷の父親のことを、ある人には病気で、ある人には仕事中の事故で死亡したと語っていた。ほんとうのことを話せない事情があったようだ。彼は父親について人にきかれると、「重い病気で」と話していた。箪笥の引き出しには小型のアルバムがしまわれていた。母が働いていたところでだれかが撮ったらしい写真が貼られていたが、父親らしい人が写っているのはなかった。

静香から、「あなたのご両親は」ときかれたことがある。滝谷は、「父も母も、病気で亡くなった」と母の口調を真似て答えた。

新潟市の緑の壁の家に入居して一か月が経った五月半ばの深夜、ゴーと風が鳴り、海が荒れた。雨と波の飛沫《しぶき》が窓を破るように吹きつけた。

静香は、恐い、といって彼の布団にもぐり込んだ。時折海鳴りがやんだ。

「外に人がいるみたい」

静香は、「恐い」といって彼に抱きついた。

「こんな真夜中に――」

滝谷は耳をすませた。風がやむと人が歩くようなぴたぴたという音がかすかにきこえた。彼は階段を下り、玄関ドアに耳を押しつけた。家が揺れ、風にさらわれそうな音もした。海の近くだと年に何度かはこういう日があるのだろうが、それは予測に入れていなかった。

あらしは、夜明けとともにおさまった。波だけが黒い岩に嚙みついているだけだった。

玄関ドアを開けて、一歩外へ出たが、はっと息を吐いた。雨と波に濡《ぬ》れた地面に、白いマスクが落ちていた。彼はそれをじっと見てから挟みでつまんで岩陰の砂に埋めた。真夜中に、玄関の前へ立った者がいたらしいと、彼は闇夜を歩いた者の足跡をさがすように、砂の上へ目を這わせた。

4

近所には、海へ遊びにくる人たちの車を集めるような無料駐車場があって、そこには監視カメラが設置されている。それを見た滝谷は自宅に防犯用のカメラの設置を思い付いた。

新潟市の中心部の商店街にスポーツ用品店があって、そこでは防犯カメラを扱っていた。

滝谷は、自宅へ防犯カメラを設置したい旨を話した。体格の勝《すぐ》れた店主は、あしたにもカメラを取り付けに行くといった。

翌日の午前中に、店主は玄関へのカメラ設置にやってきた。陽差しが強くなって、気温が上がった。店主は脚立の上から、

「きれいな海が近いし、海水浴場もあって、いい場所ですね」

といった。

滝谷は毎朝、カメラの映像を点検した。カメラを設置して一週間が経った。カメラに映っているのは、自分と静香とあき子と、地面を歩く鳥だけだった。

五月の末日、日没前に雨がやんで、夕陽が砂浜をきらきらと照らした。緑の家の三人は、遠くに波音をききながら眠りについた。

翌朝、滝谷はいつものように防犯カメラの映像を点検した。人物が映っていた。薄い色の鍔《つば》のある帽子をかぶり、黒っぽいシャツを着た女性が玄関の前を往復した。午前一時十分である。女性の顔は映っておらず、年齢の見当はつかない。

「真夜中に、女が――」

滝谷はつぶやいた。

三日後、強い風が浜の砂を巻き上げながら陽が沈んだ。闇夜の海は獣のように吠えていた。夜が明けると海鳴りはやんでいた。滝谷は、朝の空気を吸うために玄関ドアを開けた。とそこには黒い包みが置かれていた。夜間にだれかがやってきて、それを置いて去ったにちがいなかった。彼は、「何者だ」とつぶやいた。硬い物

が真っ黒い風呂敷に包まれていた。広げて見て奥歯を噛んだ。艶《つや》のある栗の木製の函であった。横浜の家の玄関前に置かれていたのと寸分たがわない物である。

彼は栗の木製の函をひとにらみすると、防犯カメラの映像を点検した。三日前の午前一時十分に映像がとらえていた女性と、まったく同じ服装の女性が、黒い包みを抱えてきて、玄関ドアの前へ置いて去った。

彼は栗の木製の函を外へ放り出した。バットを摑んで、真上からと横から叩き割った。函の中にはなにも入っていなかった。叩き割った函を黒い風呂敷に包むと、波打ち際へ持っていって、火を点けた。ただの板になった函は音をたてて燃えた。静香とあき子は、抱き合うようにして、家の中に閉じ籠《こも》っていた。二人は、なぜ黒い風呂敷に包んだ木製の函が玄関に置かれるのかを、滝谷にきかなかった。滝谷には、その珍奇な行為を受ける訳が、分かっているのだろうとみているようだった。

滝谷は、新潟市のハローワークを訪ね、働ける場所があるかを相談した。係員は彼を見て、

「滝谷さんはお元気そうで、とても七十歳には見えませんが、年配の方の就労先はごくかぎられています」といって書類をめくった。

「佐渡《さど》汽船の乗り場の清掃係の仕事がありますが、どうですか」

「佐渡汽船」

「新潟港の乗り場です。佐渡へ行かれたことが

ありますか」

　係員は目を細めてきいた。

「いいえ。一度は行ってみたいと思っています」

「見どころの多い、いい島です。お休みの日に行ってみてください。――佐渡金山遺跡群の見学もおすすめですが、達者《たっしゃ》というところから揚《あげ》島《しま》までの約二キロにわたる海岸線は、国の名勝地にされています。その断崖は圧巻です」

　係員は、観光地からの回し者のようないい方をした。

　滝谷は、募集している就職先については、考えてみるといって帰宅した。

　静香とあき子は、おはぎをつくって、滝谷の帰りを待っていた。

「あしたのお天気は、どんなだろうか」

　滝谷は天井を向いてきいた。

「よさそうですけど、なにか」

　静香が顔をのぞいた。

「佐渡へ行こう。見たいところがあるんだ」

「一度は行ってみたいと思っていました」

　あき子は、黄な粉のおはぎを箸《はし》で割った。

「あした、少し早起きして」

　滝谷はいってから、静香の体調をきいた。

「大丈夫」

　静香は薄い胸を撫でた。


　六月中旬の空は灰色をしていた。予報では雨の心配はなさそうだった。三人は新潟港から両津《りょうつ》への船に乗った。滝谷もあき子も、静香の顔をうかがっていたが、彼女は潮風を受けながら目を細めているだけだった。

　両津港へ着くとタクシーに乗り、尖閣湾《せんかくわん》観光であることを告げた。運転手は、「きょうはわりに風が静かです」といった。滝谷が口にした尖閣湾とはどんなところかを、静香とあき子は、知らないようで、道路から突き上げている山を、車窓からのぞいたり、見上げたりしていた。

　達者というところに着いた。そこから揚島というところまでの約二キロの絶壁を、船での探勝もあるらしい。海からなら尖閣湾のほぼ全貌を眺められるにちがいない。三人が乗ったタクシーは二、三百メートル走っては停止した。寄せてくる波が断崖絶壁に噛みつき、白い飛沫になって暗い海に散っていた。あき子は、岩が鳴るたびに、「ひやっ」と叫んだが、静香は胸に両手をあて、二、三歩退いていた。飛沫のあいだを海鳥が舞っていた。彼らは横になり斜めになって、波の手をかいくぐった。

　断崖には切れ間があった。小舟が海から突き上げている黒ぐろとした岩壁を観光客に見せていた。揚島近くには大岩壁が左右に割れているようなところがあり、波は割れ目に突入して地響きとともに破裂し、花火のように飛沫を散らした。

　静香はそれを見ていて気分が悪くなったのか、車にもどって目を瞑った。あき子は静香のようすを見てから、断崖の地鳴りと海鳴りをきいている滝谷の横に立った。

「わたし、隠していることがあるんです」

海を向いて切り出した。

滝谷は波浪の音のなかで耳をすませた。

「五年前まで、東京・永田町のレストランに勤めていました。憶えていないと思いますけど、保守系議員と親しかった女性が、事件に遭いました」

「たしか、議員会館の近くで刃物で刺されて――」

滝谷は思い出したことをいった。

「議員はその愛人と別れたがっていました。その女性と無理やり手を切ろうとしたら、なにをするか分かりません。愛人は、そういう女でした。わたしはその女性をよく知っていました。――議員はわたしに、まとまったお金をくれました」

女性は刃物で刺されたが死ななかった。東京都内の病院に入院していたが、恢復《かいふく》して郷里の福島《ふくしま》にもどった。実家は農業だが、彼女は農作業には手を貸さないらしい、とあき子は、荒れ狂うような怒濤《どとう》の音のなかでいった。

両津から帰りの船のなかで、静香はずっと目を閉じていた。

「疲れたんだろ」

滝谷がいうと、

「少し」

と、静香はいって、微笑した。

三人は、新潟港近くのホテルに泊まることにした。ホテルに近い料理屋へ入った。静香は刺身を二た切れ食べただけで、銚子をかたむけている滝谷を細い目をして見ていた。

あき子は盃に二、三杯飲むと赤い顔をして、刺身も肉も食べた。

滝谷はふと思い付いたことがあって、箸袋にメモをした。

「静香さん、もっと食べなくては」

あき子がいって、吸い物を頼んだ。それは正解で、静香は、「おいしい」といった。

滝谷が酒を飲みながら思い付いたのは、銘木店をさがしあてることだった。翌朝、海を向いて、横浜の銘木店へ、「栗の木材か板はあるか」ときいた。

「栗の木はありません。栗の木をなににお使いになるんですか。あ、思い出した。流し台でしょ。栗の木の流し台は長年使っても腐《くさ》らないので」

滝谷は「そうです」と答えた。銘木店の店主は、松本市の木工所に問い合わせたらどうかといった。松本市には高級家具の木工所があるからだった。

彼は松本の家具展示場を思い出し、市内の銘木店の電話番号をきいた。二か所の銘木店の電話番号を教えられた。

その一軒である松本市深志《ふかし》の樫之木《かしのき》銘木店に栗の木材を扱ったことがあるかをきくと、

「以前にはありましたけど、現在はありません」

と若い声の男にいわれた。

「以前とは、何年ぐらい前のことですか」

「六、七年前です。丈三メートル、幅三十センチほどの節のない板です。伊那《いな》の業者から仕入れた六枚で、家具屋さんが全部買ってくれました」

「それを買った家具屋を覚えていますか」

「さあ。家具屋としか憶えていません」

「あなたのお父さんは、栗の板でなにをこしらえるのかって、家具屋さんにおききになったでしょうね」

「きいたと思います。家具屋さんのほうが父に、なにをこしらえるのだと話したのかもしれません」

樫之木銘木店の店主は、調べて返事をするといってから、栗板のことをなぜ調べているのかときいた。

滝谷は答えにつまったが、栗板でこしらえてもらいたい物があるのでと、曖昧な思い付きをいった。

三十分もすると樫之木銘木店から返事の電話があった。

銘木店から栗板を買った家具屋は、松本市浅間温泉の指物大工の中林《なかばやし》だという返事があった。

滝谷は礼を述べるとすぐに、松本へ行く支度をととのえた。

第四章　夜の音

1

　浅間温泉に着くと、あちらこちらから湯煙が立ちのぼっていた。東を向いて顔を上げると大山脈が見えた。滝谷には山の名は分からなかったが、山頂の尖った峰を数えてみた。きょうも稜線《りょうせん》には、何人もの登山者が岩にしがみついているはずだった。

　中林という指物大工の家はすぐに分かった。「中林木工」と黒字で書かれたガラス戸のなかで、鉢巻をした若い男が板を踏んで鋸《のこぎり》を使っていた。男の足元には鉋屑《かんなくず》や木っ端が山になっている。その人の奥では少年のような男が鑿《のみ》の頭を叩いていた。

　鋸を使っている鉢巻の男に、滝谷は頭を下げて、「ご主人ですか」ときいた。

　その声をきいたらしい差し金を手にした白髪頭の男が、首を伸ばした。

「中林さんですね」

滝谷は腰を低くしてきいた。

「中林です」

主人は一歩前へ出てきた。

「お伺いしたいことがありましたので」

滝谷は低い声でいった。

「なんでしょう」

六十代と思われる中林は膝のあたりの埃《ほこり》を払って、怪訝《けげん》そうな目をした。

「六、七年前のことですが、こちらでは、栗の木の板で、函をいくつもおつくりになったと思います」

中林は、ぎょろりとした目を滝谷に向けた。

「あなたさまは、どちらの——」

「失礼しました。私は名古屋市に住んでいる川下《かわしも》と申します。——あるとき、市内で、きれいな木目の浮いた木の函を見ました。同じような函を欲しくなりましたので、どちらの方がおつくりになったのかを、ある方に伺いましたら、こちらさまを教えてくださいました」

「ある方とは、どこのだれですか」

「名古屋にお住まいの方です」

「うちでは、栗の木での函など、こしらえたことはありません。どこかの間違いです」

「間違いではないと思います。深志の樫之木銘木店から、三メートルほどの栗板を、六枚お買いになった記録が残っているんです」

「いいえ、うちは買っていません。樫之木とは縁があるけど、栗板は買っていない」

中林は、鉋屑が散っている作業場へあぐらをかいた。

「記録が残っているんですよ」

「記録が間違っているんでしょう。――川下さんといったが、あなたはなぜ、栗板の行方や、それでこしらえた函のことを調べているんですか」

「栗板でこしらえた函が欲しいからです」

「その函を、なににお使いになるんですか」

「大切な物を入れて、眺めていたい」

中林は、変わった趣味だというように顔をかたむけた。

「こちらは、老人ホームのいちご園とご縁がありますか」

「ありません」

「いちご園に勤めている人を、ご存知でしょうか」

「いいえ。川下さんは名古屋に住んでいるのに、いちご園の名を知っている。身内の人がいちご園に入っているんですか」

「人から、いちご園の名をきいたことがあっただけです」

滝谷は、いちご園の関係者が、中林に栗板材での函づくりを依頼したのではと想像したし、あるいは、いちご園で八十七歳で狂い死にのような死にかたをした古賀鍾一の身内のだれかが、智恵をまわしたのではとも考えた。

「川下さんは、栗板での函を、だれがこしらえたかを調べるために、名古屋から、わざわざ出てこられたんですか」

中林は眉を寄せたままきいた。

「いいえ。松本に用事があったので。――ふと栗板の函を思い出したんです」

「川下さんは、木材について、お詳しいようですが、ご職業は」

中林は滝谷の意図をさぐる目をした。

「海産物を扱っています」

「名刺を下さい」

「昨晩、切らしました」

中林は疑う目をしたので、滝谷は、失礼なことをきいて悪かったといって、背中を向けた。

中林は滝谷が嘘をいっているのを確信したらしい。栗材の函をこしらえたことを、依頼した人から誰にも話すなと、口止めされていたような気がする。

中林は、滝谷の背中が視界から消えると、何者かに電話を掛けただろう。「たったいま、初老の男がやってきて、栗板で函をこしらえたことがあったかときかれた。誰だと思う」ときいたような気がする。電話の相手はいちご園の関係者だろうか。

滝谷は何度も後ろを振り返りながら松本駅へ向かった。指物大工の中林は、川下と名乗った滝谷を怪しい男とにらんだにちがいない。同時に、木目の浮いた栗板で函をいくつもこしらえたことを思い出し、その用途と依頼した人物の職業を考えていそうだ。


日本海の波音をきく家に帰った滝谷は、夜中に防犯カメラのモニターを見ることにした。

見ているうちに眠ってしまう夜もあった。

細い雨が静かに降っている六月下旬の午前零

時、コートのフードをかぶった人がモニターに映った。滝谷は拳を固めた。闇をついて玄関に近づいてくるのは女性のようだった。その人は布で包んだ四角い物を抱えてきて、玄関前へそっと置いた。彼は玄関ドアに耳を押しつけた。四角い物を置いた人はそこを離れたようだった。

彼は外へ飛び出した。コートを着た女性らしい人は、闇夜を舞うように道路へ出ると、止めて置いたらしい車に乗って走り去った。

滝谷は唇を噛んだ。玄関へもどった。ドアの前へ置かれた物は真っ黒い風呂敷に包まれていた。中の物を見なくても栗の木製の函であることが分かっていた。分かっていたが屋内へ持ち込んだ。今回の物も木目の浮いた栗の木の函で、蓋《ふた》をとってみたが中にはなにも入っていなかった。

これからも栗板でこしらえた木函は、玄関へ置かれそうだ。静香もあき子も、その空《から》の木函を見て気味悪がるだろう。滝谷への脅迫だと見抜いているだろうし、その脅迫はいつまでつづくのかと胸を囲んでいそうだ。

滝谷は木函を風呂敷に包み直すと、波打ち際へ向かった。白い波頭は、ざわざわと砂浜を洗っていた。彼は斜めの方向の海へ、黒い包みを力一杯投げた。暗い海に落ちた包みは見えなくなった。寄せては返す波は、木函を遠いどこかの砂浜に打ち上げるか、波にもまれて岩にぶつかって、破れたり、砕け、魚の死骸《しがい》のなかへ埋まってしまいそうでもあった。

滝谷は、これからも栗の木の函を運んでくる者がいるだろうとみて、真夜中に起きていて、物音に耳をすませていた。どうしても木函を運んでくる者を捕まえたかった。首をしめて、誰に依頼されたかを吐かせたかった。

蒸し暑い夜があった。滝谷は真夜中に玄関ドアを開けた。数メートル先の暗がりに人影を認めた。真夜中に灯りの点いている滝谷の家を見ていた者がいたらしい。玄関ドアが開いたのでその人は逃げていったのだろう。

その人影を見て、放火されるのではないかという思いが、背中を這いのぼってきた。

静香の健康を考えて閑静な場所に住むことにしたが、それは危険をともなうことを知った。人目が少ないから敵は、滝谷に危害を加えやすいとみているような気がした。敵は滝谷を、ひと思いにと考えた日もあったろうが、苦しまないやり方では気がすまなくなった。じわじわと長時間かけて、自分の思いを達成させる方法を考えていそうだ。

「いや――」

彼は一服つけて、天井を仰いだ。佐渡できいたあき子の過去の話を思い出した。ある国会議員は愛人と手を切りたがっていたという話だ。真夜中に、足音を忍ばせて、三人が住んでいる家の近くを歩いている者は、滝谷の敵ばかりではなさそうだった。

二階で寝ている静香が、音を立てずに降りてきた。

「毎晩、起きているけど、からだ、大丈夫」

「大丈夫だ。妙な物を玄関先に置く者をつかまえたい。いたずらだと思うが、真夜中のいたずらだから、気味が悪い」

　滝谷は水を飲んだ。

「あなた、新潟へきてから、少し痩せましたよ」

「そうかな。どこも悪くはないけど」

「わたしが働けなくて。――それにお金がかかるでしょ」

「気にするな。好きで起きているんだ。どういうやつが、なぜいたずらをするのか」

　静香は天井を向いた。

「波の音だけじゃないみたい」

「雨だよ。こんな夜は、なにも起こらないだろう。寝よう」

　滝谷は彼女の手をにぎった。

　雨音のなかに、人が歩くようなわずかな音がまじったが、彼は静香の手を引いて階段を昇った。

2

　滝谷は、六月二十六日から新潟の佐渡汽船乗り場で、山本政宏《やまもとまさひろ》と名乗って、雑役係として働きはじめた。主な仕事は乗客待合室の清掃だ。長椅子にすわって食事をする人がかなりいる。包み紙などを丸めて椅子に置いていく人がいる。傘の置き忘れがある。屑籠《くずかご》が目の前にあるのに、新聞やチリ紙を椅子や床に捨てていく人もいる。仕事に慣れた七月二十日の朝、佐渡観光に向かう十五、六人の団体がやってきた。それは松本市からの人たちだったので、滝谷は作業をしながら、一人一人を注意深く見ていた。十数分後、どきりとして胸に手をやった。松本のいちご園の職員だった安西博司《あんざいひろし》という男がいた。六十代半ばの安西は、長椅子に腰掛けて同年配に見える女性と会話していた。現在もいちご園に勤めているのかは分からない。元警察官だったのをきいた憶えがある。身長は百七十センチ程度で肩幅が広い。声が大きくて、いくぶん粗暴な感じがし、滝谷は何度か作業について小言をいわれたことを記憶している。酒好きだということを同僚にきいたこともあった。彼の横に腰掛けているのは妻のようでもある。

　安西は長椅子から立ち上がると、壁に貼ってある佐渡の名所の写真やポスターを見たり、これから乗る船を眺めたりしていた。滝谷は手にしていたモップを置いて、待合室からはなれた。

　二十分ほどすると乗船がはじまった。安西は松本からの団体の最後尾にいて、突然、後方を振り向いた。その瞬間、二十メートルほどはなれた位置にいた滝谷と目が合った。それはまるで滝谷の存在を知っていたようにも見えた。滝谷は横を向いたが、安西は数秒のあいだ、滝谷をにらんでいたようにも感じられた。

　滝谷は、器具置き場の脇から、佐渡へ向かう客船を見つづけていた。海峡を滑るその船が、なにかの具合から海面から消えることを希《ねが》った。

　安西がふくまれている佐渡観光の団体は、佐渡で一泊して、翌日の午後、新潟へもどってきた。新潟でも一泊して、市内や近郊を観光後、松本へもどることになっているらしかった。

その団体は、バスに乗り、南へ向かった。着いたところは三条《さんじょう》市のホテル弥彦《やひこ》。次の日は日本最大金物の町工場と、洋食器で有名な燕市の工場を見学して、夕方、松本へ帰着することが分かった。

滝谷はレンタカーで、松本へもどる団体の乗ったバスの後を尾けた。そのバスは、松本城近くの開智に着き、そこで解散した。

旅行鞄を持った安西は、一緒に観光旅行をした人たちと別れの挨拶を交わすと、城の裏側を横切って裏町通りに出て、オレンジ色のネオンを出しているスナックへ入った。佐渡汽船乗り場で親しげに会話をしていた女性は、妻ではなかったようだ——

翌朝のテレビニュースは、「松本市で裏町と呼ばれている盛り場の細い路地での殺人」を報じた。

被害者は六十代とみられる男性。

その男性は、何者かに刃物で腹部を刺され、多量出血によって死亡したもよう。路地で倒れていた男を発見して、一一〇番通報したのは通行人。

松本署の道原は、出勤の支度をしていたところを、テレビニュースを観たという吉村から電話を受けた。吉村とは、死亡していた男が収容されている大学の法医学教室で落ち合うことにした。

遺体を一目見た道原は、

「安西さんじゃないか」

とつぶやいて、遺体に目を近づけた。

「知り合いの方ですか」

吉村がきいた。

「何年も前に、安曇野署で一緒だった。安西さんは防犯課にいたが、私とは気が合って、豊科駅前のくりの家で、よく一緒に飲んでいた。退職後は、老人ホームで職員をしているときいた覚えがある」

道原から安西らしいといわれた男の、着衣のポケットに入っていたのは、縞のハンカチが一枚だけ。財布や名刺などをいれていたと思うが、彼の腹を刃物で刺した犯人に抜き取られた可能性がある。


道原は、スマホに登録してある安西博司の自宅へ電話した。

妻が応答し、「道原さん、しばらくでございます」と、明るい声を出した。

「ご主人は――」

「新潟と佐渡観光に出掛けて、きのうの夜には帰ってくることになっていましたけど、予定が変更したのか――」

妻は首をかしげているようだった。

道原は、至急、大学の法医学教室へくるようにと、低い声で伝えた。

「大学の――」

妻は喉《のど》にものがつかえたような声を出した。

かつては警察官の妻だったのだから、道原のいったことを呑み込み、重大な事態が起こっているのを察知したようだ。

一時間あまり経つと、安西の妻の八重子《やえこ》は、娘の大井麻里《おおいまり》とともに大学へやってきた。

八重子は死人のような蒼い顔をしていた。麻里は胸に手をあてて震えていた。

二人は、霊安室で遺体と対面した。妻は両手を顔にあてた。娘は、「お父さん」と、大きい声で呼んで、首を激しく振った。

安曇野署の刑事が二人やってきた。一人は塩沢《しおざわ》といって五十代で道原とは顔見知りだった。

塩沢は廊下の隅へ道原を呼んだ。彼はポケットノートを手にしていた。

「七月二十日の午前十時ごろですが、新潟市の佐渡汽船乗り場にいるという梨田《なしだ》から電話をもらいました」

梨田というのは、安曇野署の刑事課にいて数年前に定年退職した男だ。

「なぜ電話をくれたのかというと、汽船乗り場で、以前、いちご園に勤めていた滝谷文高らしい男を見かけたからでした。滝谷はいちご園を辞めた日、安曇野市内で、いちご園職員の伊久間という男と接触した疑いを持たれています」

「覚えています。伊久間は、滝谷がどこへ行くのかを見届けようとして、後を尾けていたらしい。伊久間は殺されていたのでしたね」

「そうです。安曇野署は、滝谷の行方を現在もさがしていますけど、不明のままです。梨田が汽船乗り場で見かけたのが、はたして滝谷だったかどうか」

安曇野署は、佐渡汽船乗り場の事務所へ、滝谷文高という従業員がいるかの問い合わせをしたが、そういう氏名の従業員はいないといわれたという。

3

北見静香は寄せては返す白波を見ているのか、砂浜へ広げたハンカチの上にすわっている。彼女から二メートルばかり後ろに山元あき子がすわり、静香の痩せた背中を見たり、沖を眺め、白砂を摑み、ときどき静香に話し掛けている。

昨夜、二人は滝谷から、勤めていた佐渡汽船乗り場での雑役を辞めたといわれた。

「若造の男も女も、私のことを、おじさんて呼んで、あれもやれ、これもやれっていうんだ。船に乗る客のなかには、行儀の悪いのがいて、アイスクリームをなめて、その容器を椅子の上に置きっぱなしにしていくやつもいる。――私は椅子の脚を直しているのに、あっちこっちを掃除させられ、夕方には疲れてへとへとになる」

滝谷は夕食を摂りながら、独り言のように何度も愚痴をこぼしていた。

彼は二日間、留守をした。横浜に用事ができたと口実を使ったのだった。

「横浜はいい。街に活気がある。横浜にいると、生《い》き生きするんだ」

彼は、横浜へ移ろうと二人にいった。

静香とあき子は顔を見合わせたが、なにもいわなかった。

「横浜へ行ったら、エアキャビンに乗ろう」

「なんですか、それ」

静香がきいた。

「ロープウェイだ。ゴンドラに乗って、高層ビルの街を散歩するんだ。夜の散歩がいいらしい。高層ビルと高層ビルの空間は空いている。その空間を無駄にしないという発想がすごいね」

静香とあき子は、黙って滝谷の顔を見ていた。


二日後、ワゴン車を借りてきて、寝具と炊事具を積んだ。途中で交替するといって、あき子にハンドルを握らせた。なぜかあき子は、砂浜に沿っている道路を往復した。波音がきこえるこの土地を、はなれたくないといっているようだった。静香は窓に額を押しつけて白波を送りつづけている海を眺めていた。

横浜に着くと、京急本線の列車が見える暗がりで、夜明けを待った。登校する少年少女の列を、ぼんやりと眺めていた。

不動産事務所の紹介で戸部《とべ》町の古い平屋に入居することにした。高齢の夫婦が住んでいたが、二人とも四年前に亡くなり、以来、空き家になっていたという。

あき子は静香の寝床をととのえると、先ず炊事ができるようにといって台所の準備に取りかかり、買い物をしてきた。滝谷と静香は、あき子の甲斐がいしさを無言で眺めていた。

滝谷は新潟の緑の壁の家で、ゴンドラに乗って、高層ビルの街を散歩したいと二人に話したものだが、それを忘れてしまったように二日間、小さな家に閉じ籠っていた。

　横浜へ移って三日目、ハローワークを訪ねて、働けるところがあるかを相談した。

「中区の海岸通りというところが分かりますか」

　係官にいわれた。

「馬車道駅の近くでは」

「そうです。万国橋のすぐ近くの菱友《りょうゆう》倉庫の管理員の職があります。欠員が出たので」

「同僚がいるんですね」

「四、五人いるようです」

　係官は倉庫への地図を描いてくれた。

　滝谷は本町通りを歩いた。横浜市役所と馬車道駅を越えた。桜木町と運河パークを結ぶエアキャビンが空中を滑っていた。いつかは三人でそれに乗りたいと思った。

　菱友倉庫はすぐに分かった。厚いドアが開いて、その中の四角い箱をトラックに積んでいた。作業員はグレーの制服で同じ色の帽子をかぶっていた。

　五十代半ばぐらいの太った男に声を掛けると、「中村《なかむら》」という名札を付けたその男はにこりとして、倉庫内の事務室に滝谷を招いた。

　滝谷は、ハローワークで渡された書類を見せた。中村は、あしたからでも勤めて欲しいといった。

「滝谷さんは丈夫そうだし、とても七十歳には見えません」

　中村は笑顔でいった。

「近所にはコンビニもないので、弁当を持ってきてください」

中村は、トラックに荷物を積み終えた作業員の四人を呼び寄せ、滝谷を紹介した。集合した四人は五十代か六十代に見えた。滝谷は明日から出勤することを四人に告げた。

倉庫を出ると、空中を往き来しているロープウェイのエアキャビンを見上げた。ガラス張りのキャビンが何台も空中を滑っている。それに乗れば、高層ビルの最上階を横目に入れ、対岸の大観覧車を眺めることもできそうだった。

帰宅すると、静香はあき子がつくったスープを飲んでいた。滝谷はコーヒーを出してもらった。あすから出勤する倉庫のもようを二人に話した。

「危険な仕事ではないのね」

静香はスプーンを持ったまままきいた。滝谷は、倉庫内の荷物をクレーンでトラックに積むようすを彼女に説明した。

「日曜にからだの具合がよかったら、エアキャビンに乗ろう。空中から横浜のビジネス街を見下ろすんだ」

彼は、瞳に焼き付いているいくつものキャビンのようすを、二人に話した。二人は、それに乗りたいとも、空中で眺めるビルの街がどんなかなどを口にしなかった。

菱友倉庫内での作業は単調だった。トラックが運んでくる荷物をクレーンを使って倉庫内に積む。積んである荷物をトラックに積む。それを見守るのが滝谷の仕事だった。

あき子は、滝谷が持っていく弁当をつくるのが楽しいといった。弁当の蓋を開けると、ご飯の上がピンクと黄色だったりする。紅生姜《しょうが》が、「ごくろうさま」と書かれている日もあった。

菱友倉庫は小型の船を所有していた。貨物船から下ろされた貨物を、小型船へ届ける仕事もあった。滝谷は週に一度は船に乗って、港内を走った。

滝谷が就職して二か月が経った夜、静香が歯痛を訴え、夕食の途中で箸を置いた。あき子は、冷蔵庫の氷を静香の頬にあてたが、痛みは治まらなかった。

あき子は、薬局へ行ってくるといって、家を飛び出したが、一時間経ってももどってこなかった。滝谷は胸騒ぎを覚えたので、靴を履いた。と、そこへあき子が倒れるように入ってきた。

彼女は右の肩に手をあてていた。あてた手のあいだから血が流れ落ちた。暗がりで何者かに刃物で襲われたという。

滝谷は彼女の肩へタオルをあてた。ジャケットを着ていたので、傷はそれほど深くはないようだった。

「襲ったのは、どんなヤツだった」

滝谷が手当てをしながらきいた。

「黒い服を着た若い男のようでした。ちらっと顔を見ただけ」

「そいつはなにかいったか」

「わたしの名を確かめてから、ナイフで――」

布団の上の静香は、「怖い」といって両手で頬を押さえた。

滝谷は、いつかきいたあき子の告白を思い出した。彼女は東京・永田町のレストランに勤めていた。知り合いの男性議員には愛人がいたが、彼はその人と縁を切りたがっていた。そのことをあき子は議員からきき、議員のためにひと仕事することにした。議員が別れたがっている女性を刃物で襲ったのだった。女性は大怪我を負ったために、郷里へ引っ込んだという。その女性は、怪我を負わせた者を恨み、議員をも恨んだにちがいない。刃物で襲った者が、どこの誰かをさぐっていたことが考えられた。

「わたしは、仕返しを受けたのだと思います」

あき子は肩の傷に手をあて、目を瞑った。とうに過ぎた夜を思い出しているようだった。

「また、同じ目に遭うかもしれない。夜間の外出は――」

滝谷は首を横に振った。

「ご免なさい。わたし、自分のことで」

あき子は、買ってきた鎮痛剤と水を手にした。

「ご免なさい。まだ痛みますか」

あき子は、静香の歯痛に気を遣った。

「いまは、治っているわ」

静香は頬に手をあてた。

あき子は毎晩、静香の肩や背中をマッサージしていた。今夜はそれができないといった。

「いいのよ。わたしは大丈夫」

静香の声は、よわよわしかった。

あき子は浴室へ入った。服を脱いで傷の具合を見ているようだった。

「医者へ行ったほうが」

滝谷がいうと、

「大丈夫です。今夜は先に寝《やす》ませていただきます」

といって、そっと襖《ふすま》を閉めた。彼女は何年も前のある夜、ナイフを握って、暗がりに立っていた自分を思い出しているのではないか。

次の朝、滝谷は水音をきいたような気がして目を醒ました。水音は浴室からだと分かった。寝床をそっと抜け出して浴室をのぞいた。あき子は背中を向けて、昨夜着ていた物を洗っているようだった。その背中は滝谷に、なぜ刃物を持った者に襲われたのかをきかれたくないといっていた。

滝谷はいつものように菱友倉庫へ出勤した。きょうは重量のある荷物が届くので、安全に気を遣うこと、と本社から電話があった。重量のある物とはなにか、と滝谷は中村にきいた。

「鉄製の機械だよ。荷物のサイズはいろいろあるらしい」

中村がそういったところへ、私服の警察官が二人やってきた。

「麻薬ジーメンだよ」

顎に髭《あご》をたくわえている古株の同僚が低声でいった。

警官は、トラックが運んできた大小の四角い箱を二十分あまり見ていたが、中村に対して片手を挙げて去っていった。

警察官を見たせいか、滝谷は防犯カメラを思い出した。新潟の緑の家の軒下に取り付けていたカメラをはずしてきたが、押入れにしまい込んだままだった。

帰宅するとすぐに、カメラを軒下へ取り付けた。あき子に家の前を歩かせ、カメラの角度を何度も調整した。

「怪しい人が夜間に、軒下へ近づいたら、ブザーが鳴るようにしたらどうでしょう」

あき子は笑いながらいったが、右肩に手をあてた。傷と心が一緒に痛んだようだ。

カメラを設置して十日ばかりが経った土曜の午後十一時四十分。カメラに女性が映った。背が高そうで、タイトスカートをはいていた。カメラの下を往復するように映っていたので、滝谷は玄関でそっと靴を履いた。モニターから女性の姿が消えたのを見て、彼はドアの外へ踏み出した。黒っぽい服を着た長身の女性の背中を追った。彼女はズックを履いていた。滝谷は二十メートルばかり後ろを追った。約十五分。その女性は信号を二つ越えて赤と緑のネオンを明滅させている店へ入った。スナックのようだ。

「よりみち」という名だ。

滝谷はその店を二十分ばかり見ていたが、客がいるのかいないのか、ドアは開かなかった。

彼は翌日の昼間、「よりみち」を見に行った。当然だがドアは固く閉まっていた。その店の隣はカフェだ。滝谷は日曜日にその店のカウンターに肘《ひじ》を突いたことが何度かある。コーヒーを飲みながら、「よこみち」はどんな人がやっているのかをマスターにきいた。

「ママは高木《たかぎ》さんという姓の四十半ばぐらいの人で、女性を二人使っています。開店してから

四、五年になり、結構、お客さんは入っているようですよ」
「背の高い女性がいるようだが」

「千代子《ちよこ》さんのことですね。身長は百七十センチだそうです。沖縄の出身で金城《きんじよう》という姓です。彼女は開店当時から勤めています。千代子さんは、店へ出る前にここでコーヒーを飲んでいくことがあります。お客さん、千代子さんのことがなにか」

マスターは滝谷の目をのぞいた。

「いや。スタイルのいい女性が、店へ入っていくのを見たので」

滝谷は、「金城千代子」の名を頭の中で繰り返した。たぶん三十歳ぐらいだ。スナックに勤めている女性が、真夜中に、足音をたてないようにとズックを履いて、滝谷と静香とあき子が住んでいる家を見にやってきた。目的はなんだったのか。家に火をつけるつもりなのか。三人を焼き殺そうとでも企んだのか。滝谷は、千代子の正体を摑むことを考えた。

先ず、住所を知ることだ。独り暮らしか。だれかと一緒か。同居人がいるとしたらそれは男か女か。同居人の職業はなにか——

4

滝谷は真夜中、スナック「よりみち」が閉まるのを待った。零時半、ネオンが消えると、女性が三人、店を出てきて戸締りをした。

三人は四、五分歩いた交差点で三方へ分かれた。

　滝谷は背の高い千代子の後を尾けた。彼女は信号を二つ越えたところの古そうな二階建ての家の玄関へ、鍵を差し込んだ。窓に灯りが点いた。同居人がいるのかどうかは分からない。彼女はこれから食事を摂るのか。

　金城千代子の住所をつかんだので、日曜に彼女の生活《くらし》を観察することにした。

　彼女は好天の午前十時に窓を開け放った。縁側のある家だ。彼女は縁側へ座布団を置いた。二、三分経つとその座布団に白髪の女性がすわった。千代子の母親なのか。老女は陽光を浴びて目を細めている。千代子は独り暮らしではなかった。

　二階の窓辺に洗濯物が並んだ。白いTシャツ姿の千代子は、玄関と縁側の前を箒《ほうき》で掃いた。きれい好きなのか、甲斐甲斐しい女性に見えた。老女にお茶を与えたようだ。

　正午の少し前、三十代半ば見当の男がやってきた。男は縁側にすわっている老女の横に腰を下ろした。老女と男は、目元が似ているように見えた。男は手振りをまじえてさかんに老女に話し掛けている。

　二人が似ているところから老女と男は親子ではないかと滝谷は見てとった。千代子は、老女にも男にも似ていない。千代子は男に頼まれて、老女と一緒に住んでいるのではないかと想像した。千代子と男は兄妹とも考えられる。

　その千代子だが、夜間に、勤めている店を抜け出して、滝谷たちの住まいを偵察するようにやってきた。店には客がいなかったのか。それともその日、店は休業だったのか。

警察でさえも滝谷たちの現住所を摑んでいないはずなのに、金城千代子という女性は、滝谷たちの住所を確認するようにやってきた。

彼女には、滝谷たちの現住所を知っておく必要があるにちがいない。それはだれかの指示なのか。

陽のあたる縁側で老女と向かい合って、ときどき話し掛けている男を見ているうち、どこかで見たことがあったような気がしてきた。

男は立ち上がって、二、三分経つと、リンゴとナイフを持って縁側へもどってきた。老女の前へあぐらをかくと、リンゴの皮をむきはじめた。皮をむいたリンゴを刻むと、老女に食べさせ、自分も食べている。

親子らしい二人をじっと見ているうち、滝谷は、はっと気付いて拳を握った。彼は男を松本で見ていたような気がし、本のページをめくり返すように記憶を辿《たど》った。

「そうだった」

滝谷は手を一つ叩いた。リンゴを老女に与え、自分も食べている男を松本で見ていたのを思い出した。男は車に乗って老人ホームのいちご園へ通ってきていた。市内のクリーニング店に勤めていて、週に何度か、いちご園がクリーニングに出す物を取りにいき、洗った物を納めにきていたのだ。滝谷はクリーニング店の男と口を利いたことはなかったが、たびたび姿を見ていたのを思い出した。クリーニング店の男も、雑用をしている滝谷の姿を見ていたのだろう。

その男がいま、横浜市の一画で、母親ではないかと思われる人と一緒にリンゴを食べている。老女と同居しているのは金城千代子。彼女と男は兄妹ということが考えられる。老女も男も金城姓なのではないか。

千代子は先夜、足音をしのばせて滝谷たちの住所を確認するように家の前をゆっくり歩いた。滝谷たちがそこに住んでいるのを知ったからだろう。

新潟市から転居してきた滝谷たちを尾けてきた者がいたのだろうか。滝谷たちの転居先は、横浜市西区戸部町だと彼女に指示した者がいたのだろうか。いたのだとしたらその目的はなんだったのか。

警察も知らないことを知っているのは、どこのだれだろうか。滝谷は、静香とあき子に、係累に現住所を教えたかをきいた。が、二人は首を横に振った。

滝谷はこれから、金城千代子の行動に目を光らせる必要を感じた。

菱友倉庫は毎週土曜と日曜は原則として休みだが、月のうち土曜日出勤が一度だけある。

滝谷は、老女と一緒にリンゴを食べた男が千代子宅を出たので、そっと後を尾けた。男は十二、三分歩くと、区名が南区に変わった。

五階建てのマンションに入った。そこが男の住所らしい。どの部屋に住んでいるのかを知るためにエントランスの集合ポストの前に立った。

三〇三号室に「金城」の名札が入っていた。滝谷はポスト全体を撮影した。

　滝谷はマンションの外に立っていた。正午少し前、千代子の住まいを訪ねた男が、同年配に見える女性と一緒にマンションを出てきた。女性は妻のようだ。二人は歩きながら会話して、中華飯店へ入った。二人は夫婦のようだが子どもはいないのだろう。

　滝谷は空腹を覚え、腹を押さえて我慢した。雲のあいだから陽が差した。

　食事を終えて出てきた二人の後を尾けると、スーパーマーケットへ入った。男が持った籠へ、女性は野菜や肉や缶詰めを入れた。二人はときどき向かい合って会話をする。買った食品を紺色の布袋に入れ、それを男が持った。

　学校の校庭沿いの道で、二人は立ちどまった。中学校らしい。陽焼け顔の少年らが声をあげて野球の練習をしている。それを二人はフェンス越しにしばらく見ていた。

　滝谷はふと、自分の中学生時代を思い出した。彼は運動の部活動をしていなかった。なにかの部活動に参加するようにという指示もなかったような気がする。

　彼はだれかに教えられたわけではなかったが、クレヨンで絵を描いていた。風景の写生である。教師にうまいといわれたことがあった。母は絵具を買ってくれた。絵具を持って、港に停泊している白い船や、川岸から見える寺などを描いた。

　音楽の女性の先生は、滝谷が描いた絵に関心を抱いたらしく、「日曜にはなにを描いたの」ときいたし、彼の作品を廊下に貼り出してくれたこともあった。

金城夫婦らしい二人は、三十分ばかり中学生の野球の練習を見てから、洋菓子店へ寄った。妻らしい女性が白い小函を持ち、夫らしい男がスーパーで買った袋を提げて、マンションへもどった。二人は自宅で、プロ野球かプロゴルフのテレビ中継でも観ながら、洋菓子を食べるにちがいなかった。

滝谷は、金城千代子がなぜ滝谷の住所を知っていたのかを考えた。思いあたるのは、彼女の兄と思われる男の存在だ。彼は以前、松本市内に住んでいてクリーニング店に勤めていた。週に何度かは得意先であるいちご園を訪ねていた。そこで雑役をしていた滝谷を何度も見て、顔を覚えていたのだろう。

金城は、松本のクリーニング店を辞めて、横浜へ移住した。そこである日、思いがけず滝谷を見掛けた。滝谷については、いちご園の職員から、よからぬ情報を耳に入れていたことが考えられる。

横浜で偶然、滝谷の姿を見掛けたことから、どこに住んで、なにをしているのかを知りたくなったのではないか。それで滝谷の後を尾けて住所を摑んだ。

そのことを金城は、妹と思われる千代子に話した。松本のいちご園で耳に入れたことを彼女に話し、滝谷の住所を確かめておくようにと指示したことが考えられる。

滝谷の住所を摑んだ金城は、松本のいちご園へ、滝谷は横浜市の西区に住んでいることを伝えただろうか。

滝谷は金城とその妹と思われる千代子を危険な人物とみるようになった。

滝谷は、身の安全を考え、転居することにした。思い付いたら即座に行動することにし、現住所からは遠い鶴見区へ移ることにして、不動産事務所を鶴見駅近くで見つけて訪ねた。

彼は、アパートやマンションでなく、一軒屋がいいのだがと相談した。

「空き家が二軒あります」

度の強そうなメガネの男は、その二軒へ案内するといって、車に乗せた。

「どちらから、おいでになったんですか」

男は、助手席に乗った滝谷にきいた。

「東京の渋谷区です。近くに大きいビルが建つらしい。工事がはじまると音がうるさいので――」

鶴見にはなにか縁があるのか、と男はきいた。

「いや。横浜の地図を見ていて、なんとなく」

滝谷は曖昧なことをいった。

訪ねた家は古い二階屋で、階段を踏むときしみ音がした。近くには公園があった、母子が遊んでいた。

別の一軒は鶴見区では北部で、鶴見川の近くだった。そこも古くて、平屋を青垣が囲んでいた。学校が近くにあるらしく、生徒の合唱がきこえた。その家を気に入ったが、菱友倉庫への通勤には不便だと分かった。しかし身の安全を第一に考えねばならない。彼は屋外に出てカラタチの青垣に手を触れながら、菱友倉庫退職を決意した。

第五章　闇を這う

1

滝谷は菱友倉庫を退職した。中村になぜ辞めるのかをきかれた。遠方へ引っ越したので、通勤が至難なのだと理由をいうと、「年齢的に車の運転は危険だろうからな」といわれた。

滝谷は自分の年齢を意識したことはなかったが、七十歳というのは、労働にも値しない年齢であるのを認識せずにはいられなかった。

中村は、倉庫の外へ出て、滝谷を見送った。彼は滝谷の過去を知らない人だ。つづけて勤めていたら、いずれは過去を知ることになったかもしれない。

滝谷は、金城千代子の兄らしい男が住んでいるマンションの一階へ入り、左右に目を配ってから、集合ポストの三〇三号の扉を開けた。茶色の封筒が入っていた。その郵便物の受取人名は「金城清伸《きよのぶ》」だった。外へ出てから、その氏名をメモした。

金城清伸と千代子兄妹は、滝谷にとっては危険な人物である。二人はいずれ滝谷が二人の女性と一緒に転居したことを知るだろう。どこへ引っ越したのかと転居先をさぐるだろうか。

警察は、全国の不動産業者を束ねたような組織から、人の移動を把握する手段をこうずることをするのだろうか。Aという人物が何月何日に、B地点からC地点へ住居を移したことが、即座に分かるような連絡網が張られているのだろうか。そうだとしたら、滝谷が住所を隠すために転々と住まいを移しても、それは無駄なのではないか。

今度、彼が静香とあき子とともに移転したところは、横浜市鶴見区上末吉《かみすえよし》。そこの一軒屋に入るとすぐに、軒下を通る人が映るようにカメラを設置した。軒下近くをあき子に歩かせた。

静香もあき子も、なぜ住所を転々とするのかを滝谷にきかなかった。が、滝谷には、追手がいて、その人から逃げるためだろうという推測はしていそうだ。

今度借りた一軒屋には、六畳と八畳の和室があって、台所につづく食堂は広く、テーブルを椅子が四脚囲んでいた。瓦葺《かわらぶ》きの平屋を青垣が包囲していて、道路から居宅の下半分は見えない。縁側の外の庭に物干しのための柱が立っている。

「布団を干せるわね」

あき子は軒下にあった竿《さお》を摑《つか》んだ。

「ご免ください」

玄関から女性の声が掛かった。

あき子が出て行った。藤色のスーツ姿の五十代後半に見える女性が、丁寧な挨拶《あいさつ》をした。この家の持主だった。

「わたくしどもの住まいは、ここから二百メートルほど東の道路沿いです。ここは歳をとったわたくしの両親のために、古材を使って建てた家であります。父は八十八、母は八十四で亡くなりました。……夫は大黒町《だいこくちょう》で船の修理工場をやっています」

彼女は、寺山《てらやま》という姓だといった。

滝谷は、挨拶に行くべきだったことを詫《わ》びた。職業を伝えるべきだと気付き、菱友倉庫という会社に勤めているといって、挨拶が遅れたことを謝った。

近くに病院があるかをきくと、歩いて十分ほどのところに病院があるし、東へ六、七分のところに内科医院があると教えられた。

「どなたか、お加減のよろしくない方がいらっしゃるのですか」

彼女は少し表情を曇らせた。

滝谷は静香のことを愛人とはいえないので、

「家内がちょっと」

といった。

寺山と名乗った女性は、一瞬、家の中をのぞくような目付きをしてから、頭を下げて退がった。

あき子は、近くにスーパーマーケットがあるので便利、といって、白い袋を二つ提げて帰ってきたが、

「お酒を買うのを忘れた」

といって、買ってきた食品を玄関に置いて駆け出していった。

「この家は古そうだけど、柱が太くて、がっしりしていますね」

夕食を摂りながらあき子がいった。

「長く住んでいられると、いいけど」

静香がいって、茶碗を置いた。

滝谷は手酌で飲《や》っていたが、はっと顔を起こした。

「虫の声が……」

静香とあき子は顔を見合わせたが、あき子は立ち上がると縁側のガラス戸を開けた。

虫の声が入ってきた。

「いままで、気付かなかったわ」

虫は毎晩鳴いていたのだが、あれやこれやに気をとられて、気がつかなかったのだ。

静香は箸を置くと、膝に掛けていたタオルを目にあてた。虫の声をきいて寂しさが募ってきたのか、それとも、何者かに追われつづけて、落ち着けないでいる日々の暮らしが哀しいのか、痩せた肩を小さく震わせた。

あき子も、茶碗の上にそっと箸《はし》をのせると、静香に視線を注いだ。あき子の目も潤んでいるように見えた。虫たちは、騒ぎを起こしたように鳴きつづけた。

滝谷は毎夜、軒下を歩く者がいないかと、モニターを見ているが、怪しい影は映らなかった。

この家は古材を使って建てたという和風の構

えだが、浴室はタイル張りで、白いタイルのあいだに、緑やピンクの色タイルがまじっている。風呂好きの静香は、一日に二度、湯にからだを沈めているが、背中が痛むといって、バスタオルを背中にのせて、うずくまっている。交通事故に遭ったことを病院の医師には伝えている。目をつむり、額に皺《しわ》を寄せてうずくまる彼女を見るとあき子は、タオルの上から背中をマッサージする。それは効果があるようで、十数分すると、「楽になった。ありがとう」といって、からだを起こす。滝谷はその静香を見るたびに、早晩、起きていられなくなるのではないかと、胸苦しくなるのだった。

滝谷は、ハローワークの手を経て、海に突き出た半島の「ツバサ製作所」という船具製造会社に就職した。社員は約百人の企業だ。彼の仕事は製造現場での雑務だ。鉄を削る機械が出す鉄屑《てつくず》を掻《か》き集めたり、鉄材を作業員と一緒に機械へ運んだりする仕事だ。工場は二棟に分かれているが、壁や柱には「危険」とか「頭上注意」などと書かれた札があちこちに貼られていた。

「怪我をすると、怪我人だけでなく、全員の士気に影響して、作業効率にも影響が出る」

毎朝、始業前に各職場の班長の訓示があった。それでも滝谷が入社して十日目の正午直前、工作機械の組み立てをしていた若い作業員が、足に鉄の部品を落とし、近くの診療所へ運ばれて行った。

そのあと滝谷は手袋をはめて鉄屑を集めてい

たが、鋭く光った鉄屑の先端が右手の人差指に刺さり、血がふき出した。

　事務所の女性社員が包帯を巻いてくれたが、傷口はずきずきと痛んでいた。

　指に白い包帯を巻いた手で帰宅すると、静香が、

「怪我をしたのね」

　といって、滝谷の右手を両手に包んだ。

「不注意だったんだ」

「そうだったんでしょうけど、怪我をするような仕事しかないのね」

　といって、瞳を光らせた。

「おめでたい日なのに、怪我をしたなんて」

　あき子は、滝谷のゆるんだ包帯を巻き直した。

「めでたい日って……」

　滝谷は、あき子のかたちのいい唇を見ながらきいた。

「あらいやだ。ご自分のお誕生日を忘れてたんですか」

「そうか」

　滝谷は天井を向いた。七十一年生きてきたことが不思議に感じられた。

「お赤飯を買ってきたんですよ」

「そうか」

　滝谷は天井を見て同じことをいった。

　食堂のテーブルには桔梗《ききょう》の花がグラスに差してあった。この薄紫の花を母が好きだったのを思い出した。秋に咲く花といわれているが、土用のころに見掛けることがある。

　彼は風呂を浴びたあと、静香とあき子から酒

を注がれた。何杯か飲むうち、居眠りをして、はっとして目をあけた。防犯カメラのモニターに女性の姿が映った夢を見ていたのだった。

静香は寝床に入ったらしい。浴室で小さな水音がしていた。あき子が湯を浴びているようだ。気丈な彼女は肩の傷のことを口にしないが、傷は小さくなっただろうか。

彼は一歩外へ出て、星空を仰いだ。青垣の下からは虫たちの合唱が湧いていた。その音《ね》がぴたりとやんだ。路地を人が通った。頭上に少しゆがんだ月が浮いていて、その月を白い雲が隠した。彼は無意識のうちに空を仰いで手を合わせていた。何事も起こらずに月日が流れていくのを祈った。

雲のあいだからのぞいた月を見ているうち、スナックに勤めている長身の金城千代子を思い出した。彼女は深夜に滝谷たちが住んでいた家をのぞきにやってきた人である。だれかに頼まれて、確認のために軒下を通ったのか。だれかというのは、彼女の兄と思われる清伸のことではないか。

かつて松本市内に住んでいた清伸は、松本市にいるだれかに、いちご園に勤めていた滝谷文高が横浜に住んでいると話したにちがいない。清伸から連絡を受けた松本のだれかは、横浜へやってきて、滝谷の住所を確かめようとした。が、それは一歩遅くて、滝谷はどこかへ転居していた。目下、清伸と松本からやってきただれかは、滝谷の転居先を血眼になってさがしているような気がする。

滝谷は、金城清伸と千代子の動静が気になってしかたがないので、日曜に二人の住居をそっとのぞきに行った。

清伸は昼食をすませたころ、妻らしい女性と肩を並べて外出した。スーパーマーケットで話し合いながらゆっくりと買い物をすると、彼が袋を提げた。一方、千代子のほうは、縁側で母親らしい老女と向かい合い、彼女が声を出して本を読んでいた。

2

滝谷は天気のいい日は自転車で通勤している。班長に、

「片道、どのくらいかかるのか」

ときかれた。

「約四十分です」

「雨の日は」

「バスです。途中で乗り換えがあるので、一時間はかかります」

「同じ区内なのに、一時間とは。バイクなら早いだろうけど、事故の危険があるよね。毎日、気をつけてね」

班長は滝谷の肩を軽く叩いた。

班長にきかれて滝谷が答えたことは、第一工場長に知られた。五十歳見当の第一工場長が、鉄屑を集めている滝谷のところへ寄ってきて、

「めったに使わないバイクがあるんだ。もしよかったら通勤に使ってみたら」

といわれた。

滝谷は礼をいって、倉庫内にあるというバイクを見に行った。かなり古い五十ＣＣの原付だが、手入れをする人がいるのかハンドルもマフラーも光っていた。昼休みにそのバイクで構内を走ってみた。それを見た四、五人の若い社員が手を叩いた。

終業のベルが鳴ると滝谷は第一工場長のところへ行って、バイクを借りたいといった。

「燃料費は自分持ちだよ。それから雨の日は乗らないほうがいい」

といわれた。

第一工場長は、白いヘルメットをさがし出してきた。

その日、彼はバイクで帰ることにし、ヘルメットをかぶって、途中のスタンドで燃料を補給した。

「バイクを買ったの」

音をきいて家から出てきた静香が、目を丸くした。

「工場が貸してくれたんだ。自転車よりずっと楽」

「そうでしょうけど、事故が心配」

あき子は、ハンドルやサドルに手を触れ、

「わたしにも使わせて」

といって、滝谷の頭からヘルメットを奪い取るようにしてかぶった。

彼女は家の周りを何周かしてきて、バイクに乗ったのは三年ぶりだと思うといった。

日曜の午前十一時ごろ、滝谷は、金城千代子の住まいをそっとのぞきに行った。バイクに乗っていき、戸部駅近くの駐車場へバイクを置いて、左右を注意しながら千代子の家へ近づいた。

千代子と老女はきょうも縁側にすわっていた。せまい庭には陽があたっていて、そこへ雀が二、三羽下りて、地面をつついていた。千代子は老女の背中をなでながら会話していた。老女の横には厚みのある本が置かれている。

三十分ばかり経つと、縁側から千代子の姿が消えた。

二十分ほどして千代子が玄関から出てきた。服装が変わっていた。黒いバッグを持っている。彼女が外へ出たので滝谷はその後を尾けた。

千代子は、戸部駅前の空室などを扱う不動産事務所へ入った。転居を考えているのだろうか、店内へ入って、そこの人と話し合いをしているようだった。二十分ほどして出てくると、今度は駅の反対側の不動産斡旋《あっせん》事務所へ入った。そこにも二十分ぐらいいて、浮かない顔をして出てきた。転居を計画しているが、気に入る物件がないのだろうか。

彼女は空を仰いで両手を広げた。なにを考えているのか立ち止まると、深呼吸をしたのか胸を反らせてから歩きはじめた。

戸部警察署の前を通って、横羽線を海側へ渡った。道路の信号が変わったのにそこを渡らなかった。なにか考え事でもしているらしい。五、六分経って歩き出し、古いビルの一階にある不動産事務所に入った。その彼女の背中を追っていた滝谷は足を止め、「そうか」と自問自答した。千代子は、引っ越しを計画したために、気に入る物件をさがしているものとみていたが、そうではなかったようだ。

　彼女は不動産事務所で、滝谷たちの転居先をきいているのではないかと気付いた。彼女は何者かから、滝谷の動静を把握しておくようにと依頼されているような気がする。

　住所を移る人にはさまざまな事情がある。他人に住所を知られたくないので転居する人も少なくないだろう。そういう人のために不動産事務所は、転居先をきかれても教えるわけにはいかないといって、断わるだろう。

　彼女は、不動産事務所を訪ねて滝谷の転居先を知りたいと掛け合っても、教えてもらえないのを知ったからか、晴れた空のような色をしたビルに入った。そのビルにはコーヒーショップ、レストラン、そばの店、フルーツパーラーなどが入っていた。彼女は、リンゴとオレンジを買った。店員はサクランボの絵の付いた紙袋にフルーツを入れて、彼女に手渡した。

　どうやら彼女は、不動産事務所めぐりを諦《あきら》めたようだ。

　千代子はそのビルの入口近くでバッグからスマホを取り出すと、電話を掛けた。笑顔で話していた。

　十分もすると、グレーのジャケットに黒いパンツの女性が、黒いバッグを提げて千代子の前へ現れた。千代子と同年配に見えた。その人の身長も百六十センチあまりだ。二人は笑顔のままコーヒーショップへ入った。その女性は日曜日なのに勤め先へ出勤していたのか。

　二人は窓際の席でコーヒーを飲みながら話し合っていた。千代子はバッグから取り出したノートになにかを書いていた。

　二人は三十分足らずで席を立った。サクランボの絵のついた袋は、千代子が電話で呼んだ女性の手に渡っていた。

　千代子は帰宅した。午後五時過ぎ、彼女はコートを着て自宅を出てきた。外は冷たい風が吹き、道路に散った落葉を舞い上げていた。

　電車に乗った彼女は、鶴見で降りた。彼女を尾行していた滝谷は、どきりとした。

　彼女はメモを見ながら県道を北へ向かった。滝谷は胸に手を当てた。日はとっくに暮れている。メモらしい物を手にして彼女は、右を向いたり左を見たりして、北へ向かってゆっくり歩いた。約二十分歩いた。彼女はバッグから小型のライトを取り出して、メモを確かめるように見ていた。

　間違いない。千代子がメモを手にしてたどり着こうとしている先は、滝谷たちの転居先だ。滝谷は自分が住んでいるところをさがし当てようとしている者の後を尾けている。これは、妙な気分である。

　日はとっぷりと暮れた。東へと流れる白い雲が滑っていくように速くなった。

　千代子が足を止めたところは、滝谷たちが住んでいる青垣に囲まれている家の前。家には灯りが点いていて、ガラス戸に人の影がちらちら映った。千代子が青垣へ寄った。虫の声がぴたりとやんだ。彼女は滝谷の姿でも確かめようとしたのか、背伸びをした。

　彼女は、滝谷の住所を確認するだけか。滝谷に対して直接の恨みはないはずだから、火を点けたりはしないだろう。しゃがんだり、背伸びをした。滝谷の姿を確認しようとしているにちがいなかった。

　彼女の背中は無防備だ。ひと突きすれば、驚きのあまり倒れるのではと思われた。

　千代子は十数分、垣根越しに家を見ていたが、諦めたのか踵をかえした。滝谷の胸には殺意に似たものがこみ上げてきたが、拳を固く握ってこらえた。

　彼女は、目的を果たしたというように、くるりとからだの向きを変え、早足になって去っていった。

　千代子は、コーヒーショップへ同年配の女性を呼んだ。その女性はたぶん不動産に関係のある仕事をしているのだろう。その女性に頼んで滝谷の転居先を聞き出したにちがいない。

　千代子は何者かから、滝谷の現住所を確かめるようにと依頼されていたものと思われる。

　滝谷は、他人に住所を知られないために転居したのだが、たったいま、金城千代子に知られてしまった。近日中に、生活《くらし》の変化が生じるような出来事が起きそうな予感がする。

　彼は、千代子の姿が消えたので、帰宅した。

「お帰りなさい」静香がいって、きょうはどこへ行ってきたのかをきいた。彼は山下公園の近くで会社の同僚に会っていた、と嘘をついた。

「顔色がいいが、きょうは体の具合がいいんだね」

　彼は静香の背中を撫《な》でた。

「そうなの。さっき、あき子さんに背中をさすってもらったら、気持ちがよくて、三十分ばかり眠りました」

　そういった静香の声には張りがあった。彼女は、この家が気に入ったからだといって、笑顔を向けた。滝谷は静香の笑顔を見るのは久し振りだと思った。

　彼は虫の合唱がきこえる縁側に立って空を仰いだ。雲のあいだを縫うように流れる月を見上げているうち、自分はこれから、どう生きていくかを考えずにはいられなかった。思い通りには生きていけないが、向かってくる風や雪をどのようにくぐっていくかを、月にきいていた。

　深夜になった。午後十一時五十分。防犯監視カメラのモニターに、黒い物を抱いた女性らしい人物が映った。その人は、首を左右に振ってから、抱えていた黒い物を軒下へ置いた。

　滝谷はその人物を捕まえようとして玄関へ下り、ドアに耳をつけてから、ドアを開けた。

　軒下にはだれもいなかった。垣根の外で車の発進音がした。車はどちらを向いて走っていったのかは分からなかった。軒下には黒い物が置かれ、中心で結ばれていた。なにかが風呂敷のような布で包まれているのだった。

　彼はそれを持ち上げた。ずしりとした量感があった。それを持って、部屋へ入った。かたちは以前、見たことのある物とそっくりだ。

静香が起きてきて、黒い包みを見ると、立ったまま胸を押さえて身震いしていたが、なにもいわず両手を頬にあてた。

滝谷は黒い布の結び目をほどいた。淡い桃色をした白木の函があらわれた。形と大きさは以前に軒下に置かれた函と同じであるが、材質が違っていた。以前、何度か軒下に置かれていた函はいずれも栗材だったが、今回のものは桜の木の板でつくられていた。底板の中心部だけは血を塗ったように赤かった。桜の木の節だ。一目見て使用材が分かるのは、彼が何年ものあいだ家具店で働いていたからだ。

栗の木でつくっていた函が今回は桜の木に変わっていた。栗板が失くなったからか。それとも桜材にしたのにはなにかの意味が含まれているのか。

滝谷は函を包み直すと、玄関の戸を開けて外へ放り投げた。一瞬、虫の声がやんだ。

翌朝、滝谷は庭にころがっている黒い包みを拾い上げた。包みは夜露に濡れていた。彼はそれを撮影してから、バットで叩き壊した。

黒い布で包んだ木箱が、滝谷たちの新しい住所に置かれたことと、金城千代子の行動は、無関係ではない。

3

日曜の朝、あき子が、朝食を始めようといったところへ、猫の鳴き声がきこえた。静香とあき子は顔を見合わせた。

あき子は猫の声をきくように首を左右にまわした。声は勝手口のドアの外からと気付いたらしく戸を開けた。白黒の毛柄のおとなの猫が入ってきた。滝谷も静香も猫に注目した。汚れてはいなかった。

猫は、あき子の顔を見上げて、小さい声で鳴いた。空腹を訴えているのだった。

「おねだりをするのだから、飼われていた猫ね」

あき子はそういってから、

「この家で、お年寄りに飼われていたんじゃないかしら」

といって、家主の寺山家へ電話した。

「はい。父も母も猫が好きで飼っていました。二人が亡くなったので、猫はうちで引き取りました。が、けさは、どこへ行ったのか……」

主婦は周りに首をまわしているようだった。

あき子は、白黒の猫が勝手口で人を呼んでいたようなので、家の中へ入れてあげましたといった。

「それは、コロにちがいありません。住んでいた家が恋しくなったのでしょう。……訪ねていったんですね」

主婦はわずかに唇を震わせたようだ。コロはトリのささ身が好きなので、それを持ってこれから伺うといった。

二十分あまりすると寺山家の主婦が、皿にトリのささ身をのせてやってきた。コロは主婦の足に背中を押しつけてから、床に置かれた皿に赤い舌を伸ばした。

「どうしましょうか」

主婦は、コロを連れて帰るかを迷っていた。

「コロの自由にしましょう」

滝谷は飼ってもいいといって、コロの頭を撫でた。

コロは皿を舐《な》めるようにきれいに食べ終えると、床にすわり、長い舌で前脚を舐めはじめた。

静香はコロの横に膝を突いた。不思議な動物を見る目をして、背中を撫でた。

「何歳ぐらいですか」

静香はコロの背中に手を触れながら主婦にきいた。

「五年ぐらいだと思います」

主婦は椅子を立って玄関に向かったが、コロは後を追わなかった。


静香とあき子は、コロのトイレをどうするかを話し合っていた。

滝谷は、金城千代子の住まいをそっとのぞきに行った。千代子はきょうも老女と向かい合って、本を読みきかせていた。じっと見ていると老女は千代子になにかいっている。どうやら本の内容か文章の意味を千代子にきいているらしい。千代子は本に栞《しおり》をはさんで、老女の質問に応えているようだ。

夜中に、滝谷が居る家の軒下に黒い包みを置いて去ったのは、千代子のような気がする。

どこからか彼女のところへは、黒い布で包まれた木函が送られてくるのだろう。彼女はそれを受け取ると、真夜中に、滝谷が住む家の軒下にそっと置く。彼女は何者かの指示によってそれを実行しているのにちがいない。どのような意図がふくまれているのかを知っているのだろうか。

滝谷は木函を彼女に送っている者を突きとめたくなった。木函は安価な物ではない。それをたびたび誂えさせ、滝谷の住所を知っている金城千代子の許へ送り、脅迫を繰り返している。

木函を木工所に依頼しているのは、松本市の老人ホームのいちご園ではないかという気がしてきた。

かっていちご園には古賀鍾一という八十代の男が入所していた。その男は、ある日から、くる日もくる日も、二階の自室で札を数えていた。数えているというよりも現金の札に手を触れつづけていたかったようだ。食事の時間になると、札を函に収めて押入れに押し込んで一階の食堂へ向かった。食事を終えるとすぐに自室へもどり、押入れから函を引き出して股を広げ、眠くなるまで札に手を触れつづけていた。

ある日の昼食後、鍾一はいつものように自室にもどると、押入れから現金を入れている木函を引き出そうとした。が、木函が失くなっていた。彼は押入れにくぐり込んで木函をさがした。戸を開ければすぐに手がとどくところにあるはずの木函が失くなっていた。

彼は園の職員たちに木函が失くなっていることを訴えたし、大声を挙げて廊下を行き来し、廊下に倒れて泳ぐように手足を動かした。

園長は、現金を収めていた木函が押入れから消えたことを、警察に訴えた。警官は鍾一の部屋から指紋を採取した。入所者と職員を一人ずつ呼んで話をきいた。

鍾一は、わめきながら廊下を行き来し、壁に拳を打ちつけ、二階との階段を昇り下りした。木函が消えた三日後、彼は疲れ果てたか、狂ってしまってか、廊下に大の字に倒れて、息を引き取った。


いちご園は、黒い布に包まれた空《から》の木函を受け取った滝谷がどのような行動を起こすかをにらんでいるのではないか。一種のいたずらを繰り返しているのだが、それを考えて、木工所に函作りを依頼しているのは、園長の岩波小五郎《こごろう》ではないか。

函作りを請け負ったのは、松本市浅間温泉の中林家具店だろう。

滝谷は、相手のいたずらへの対抗策を思い付いた。

彼は檜《ひのき》の板で拵《こしら》えた道具箱を持っている。中身は鉋《かんな》や鋸《のこぎり》や鑿《のみ》である。材木店をさがして、檜の板を買ってきた。重量のある道具箱の蓋《ふた》を開けると、静香とあき子は目を丸くした。

「鉋も鋸も光ってる」

「まるで大工さんみたい」

彼は縁側を作業場にして、檜の板を削った。彼の手つきを見て、二人は口を開けて顔を見合わせた。彼に木工の技術があることなどつゆほども知らなかったのだ。

彼は厚さ一・五センチの板で四十センチに二十五センチ、深さ二十センチほどの函を拵《こしら》えた。

蓋には少しまるみをつけた。

　黒っぽい風呂敷を買ってきて木函を包んだ。いい加減な氏名と住所にして、いちご園へ宅配便で送った。それを受け取ったいちご園の岩波は首をかしげるにちがいない。岩波は、滝谷の仕返しだと気付き、寒気を覚えるだろう。彼はすぐに、報復の手段を考えるだろうか。

　滝谷は岩波を、きわめて危険な男とにらんでいる。滝谷の仕返しに気付いた岩波は、いままで以上に陰湿な手を使って脅迫を繰り返してきそうだ。

　滝谷が檜の板で拵えた函をいちご園へ送った二週間後、滝谷が送った函がその姿を少しも変えずに戻ってきた。でたらめな氏名を書いて送ったのに、宅配便で、［滝谷文高様］となっていた。

　函の中にはパソコンで打った文字の手紙が入っていた。

［いつまでもお元気そうで驚いております。

この度は、何にどう使ったらよいのか分からない物が届きました。折角ですが、我が施設では必用ない物ですので、お返しいたします］

とあった。皮肉の籠《こも》った文章だ。送り返してやりたかった。滝谷は手紙を板の間へ叩きつけて、踏みつけた。

　いちご園へ行って、火をつけてやりたいが、罪のない年寄りが怪我をする。憎いのは園長の岩波小五郎だ。

　静香とあき子は、送り返されてきた木函を見て言葉を失っていた。二人は、いちご園がどのような施設であるかは知らないだろう。そして滝谷が一日がかりで拵えて、送った木函が送り返されてきた。二人は、送ってはいけない物を送りつけたので、受け取った相手は気を悪くしたらしいと読んでいそうだ。

日曜の午前、滝谷は金城千代子の住まいをのぞきに行った。縁側のガラス戸越しに男の背中が見えた。千代子の兄の清伸かと思ったが、髪が白いから別人だと分かった。男は千代子と向かい合って会話をしていたようだが、立ち上がって縁側のほうを向いた。滝谷は姿勢を低くした。男は鞄を手にした。その顔を見て滝谷はどきりとした。いちご園園長の岩波小五郎だったからだ。

岩波はどんな用事で千代子を訪ねたのか。

岩波は玄関を一歩出ると空を仰いだ。長身の千代子が出てきた。外出するようだ。家の中には千代子の母親らしい老女がいるのだろう。

岩波と千代子はタクシーに乗った。滝谷はバイクで二人が乗ったタクシーを追った。

二人がタクシーを降りたのは広い三ツ池公園の北側。そこから滝谷の住所は徒歩約五分だ。

二人は滝谷を訪ねるつもりなのか。滝谷はバイクを太いサクラの木の下へ止めて、岩波と千代子の後を尾けた。

平屋を囲んだ青垣が見えたところで、二人は足を止めた。千代子が滝谷たちが住んでいる家を指差したようだ。

岩波は、背伸びをしたり、しゃがんだりしていた。

岩波は、滝谷を自宅へ訪ねるのかと思ったが、青垣の家を見ただけで引き返し、公園の脇でタクシーを拾った。千代子が母親らしい人と住んでいる家へ戻るものとみていたが、二人を乗せたタクシーは横浜駅を越えて、「みなとみらい」で降ろした。二人は臨港パークが見えるレストランへ入った。二人はまるで愛人関係のように見えた。

滝谷は、「畜生」と声に出していって唾を吐いた。岩波は滝谷に宛て、「いつまでもお元気そうで驚いております」と皮肉たっぷりの手紙を書いた男だ。

千代子は、老女と暮らしているのに、岩波に誘われて高級そうな店へ入った。めったに口に入らないような高価な料理を、ワインでも飲みながら食べるのだろう。

どうやら岩波は、滝谷の所在を確かめるために、松本からわざわざ出てきたようだ。滝谷の住まいを見にいった目的はなんだったのか。

その前に岩波は、何度も滝谷に木函を送り付けている。脅迫行為を繰り返すうち滝谷は、恐怖におののいて死ぬだろうと予想していたのかもしれない。

滝谷は、いつまでも元気だ。二人の女性と一緒に暮らしている。そのことも、岩波には憎くてたまらないのではないのか。

「もしかしたら……」滝谷はつぶやいて、身震いした。

岩波と千代子は、一時間半を経てレストランを出てきた。二人の顔は少し赤い。ワインでも飲んだにちがいない。

　二人はタクシーで千代子の自宅へもどった。自宅には千代子の兄の清伸がいた。ガラス戸越しに見ていると、岩波は清伸とも会話をしていた。岩波は老人ホームの園長だ。清伸と千代子に対して、年寄りとの生活のしかたなどを話しているのではないか。

　夕方になった。岩波は鞄を持って千代子の自宅を出ると、タクシーに乗った。松本へ帰るために駅へ向かうのかと思い、滝谷はそれを見届けるために尾行していた。

　彼がタクシーを降りたところは、コスモワールドと呼ばれているビルが林立しているオフィス街だ。彼は四、五分歩いて新港の白いタイルの壁のホテルに入った。宿泊だ。単独なので自由に横浜の港街を見て歩きたいのではないか。

　岩波はホテルを出ると、ホテルのすぐ近くのレストランへ入った。だれかと会うのかとみていたが、彼の前へはだれも現れなかった。滝谷は、岩波がなにを食べているのかを知りたくて、ガラス窓越しに店内をのぞいた。

　岩波はワインが好きらしく、ボトルをグラスに傾けていた。ここでも滝谷は、「畜生」とつぶやいた。

　三十分あまりして店内の岩波を見ると、ナイフとフォークを使っていた。どうやら肉を食べているらしい。滝谷は岩波の顔に熱湯でも振り掛けてやりたかった。

　岩波は腹をさすりながらレストランを出てき

た。店の前でどうするかを迷っていたようだったが、港のほうへ歩き出した。歩きかたはゆっくりだ。酔っているにちがいなかった。ビルとビルのあいだを抜けて港へ出ると、両手を広げ、海の空気を吸うような運動をした。

人影のない港の中では赤いランプが明滅していた。右手のほうでは係留されている白いレジャーボートが舳先《へさき》を上下させていた。海の水は黒く見えた。岸壁には人の姿がなかった。沖を見ると赤いライトを点けた小型船が右手のほうからやってきて、速度を落とすと、停泊している大型船の陰に消えた。一歩岸壁の端に踏み出すと、闇の中で波の音が小さく鳴っていた。遠くに見えていた橙《だいだいいろ》色の灯が、急な知らせでも受けたように近づいてきた――

4

十二月十九日、午前八時過ぎ、横浜の加賀町署から松本署へ緊急連絡の電話が入った。

「松本市のいちご園園長、岩波小五郎の名刺を持った男性の水死体をけさ、西区の臨港パークの海中で見つけて、引き揚げました」

椅子に腰掛けて電話を受けていた署員は、バネにはじかれたように立ち上がった。

「水死体……」

「はい。岸壁の近くに浮いているのを、船の乗務員が見つけて、電話をくれました。遺体を引き揚げて持ち物をさぐったところ、上着の内ポケットに名刺入れが入っていて、いちご園園長・岩波小五郎の名刺が五枚入っていました」

署員はいちご園へ電話した。電話を受けた園の職員は、「園長は出張中です」といってから大声でだれかを呼んだ。

加賀町署からの電話を受けた三船刑事課長は、

「伝さん、大変だ」

と、大声をあげた。

「岩波園長が、海で水死」

道原は叫ぶような声を出した。

「事件性がある」

道原は電話を終えると課長席の前へ立った。

「私も同感だ」

課長は道原の目をにらんでいった。

道原は、いちご園へ電話し、職員に、園長はどんな用件で横浜へ行ったのかをあらためてきいた。

「知りません。横浜の知り合いに会いに行くといっただけです」

道原は、職員に園長の自宅の電話番号をきいて掛けた。ベルは五回鳴って、岩波小五郎の妻が応えた。

「ご主人の岩波さんと思われる男性が、横浜の海で、ご不幸なかたちで発見されました」

「不幸なかたち、とおっしゃいますと」

妻はそういってから「不幸なかたち」に気付いてか、悲鳴のような声を上げた。

「すぐに横浜へ向かいますので、ご支度を」

妻は訳の分からないことを口走った。

シマコが、岩波の妻の春江《はるえ》を自宅へ迎えにいった。春江は娘の花岡君代《はなおかきみよ》を自宅へ招《よ》んでいた。

妻も、岩波がどんな用事で横浜へ行ったのかを知らなかった。

「業界の用事で行ったのだと思います」

車を運転するシマコに春江はいった。松本署へ着くまで、春江と君代はほとんど会話をしなかった。春江は両手を固い拳にしているようだった。

吉村が運転する車の助手席には道原が乗り、岩波母娘は後部座席に乗って、横浜へ向かった。その車をいちご園の職員が乗っている車が追っている。

途中二か所のドライブインで十五、六分休憩した。吉村がコーヒーを春江の前へ置いたが、彼女は口をつけなかった。

加賀町署には日没近くに到着した。係官は岩波母娘に小さい声で悔みを述べ、霊安室へ案内した。

道原と吉村は、室の出入口近くで、母娘の悲痛な叫び声をきいた。

「ご主人は、お酒を召し上がって、かなり酔っていらっしゃったようです。日頃、お酒を召し上がっていましたか」

加賀町署員がきいた。

「ワインが好きで、夕飯の前に飲むことがありました。お酒には強いほうだったと思います」

「お酒を召し上がってから、夜の海を見に行ったのだと思いますが、岸壁の端を踏みはずすほど酔っていたでしょうか。……岸壁の先端には、高さ約三十センチの壁があります」

加賀町署員は言ったが、春江と君代は、ハンカチを口にあてて黙っていた。

岩波がチェックインしたホテルが判明した。港の近くの白い壁のホテルで、彼が宿泊するはずだった部屋には、鞄が置かれていた。

岩波が食事をしたレストランも分かった。岸壁から約百メートルの高級な店だった。

その店で岩波はワインのボトルをオーダーし、ステーキを食べた。同伴者がいたかをきいたが、単独だったと店の人は答えた。

「店を出ていくときの足取りはどうだった」

加賀町署員と一緒に道原がきいた。

「足取りはしっかりしていました。ボトルをオーダーするのですから、お酒は強い方だったと思います。ステーキもサラダもきれいに召し上がっていました」

レストランの人は、食事を終えた岩波がどっちの方向へいったかは見ていないといった。

加賀町署員は、岩波が遺体で発見された地点を中心に、彼の姿を見た人をさがしたが、目撃したという人には出会えなかった。彼は黒い色の海に明滅している赤い灯や、岸壁に近寄ってくる橙色の灯に誘われるように、海に向かって歩き、車止めの障壁を乗り越えてしまったのだろうか。

「岩波は酒に強い人でしたね」

岩波が溺死体《できしたい》で発見された現場近くに立ち、海を向いて吉村がいった。彼は、ワインを一本飲んだぐらいで、岸壁の端の障壁が分からないほど酔っていただろうかといって、首をかしげた。道原も吉村の顔にうなずいた。横浜からの不幸を告げる電話をきいた瞬間から道原は、事件性を感じていたのである。

岩波は夜の海を見るために横浜へきたのではないだろう。彼にとっては重要な用事があったにちがいない。重要な用事とはだれかに会うことだったように思われる。その人を探しあてれば、どのような要件があったかが分かりそうだ。

道原は、倉庫らしい建物の壁に寄りかかるようにして、一緒にやってきたいちご園の職員と話し合った。

「じつは先日、園長宛てに、妙な物が宅配便で送られてきました」

「妙な物とは」

「黒い風呂敷のような物に包まれた木の函です。新しそうなきれいな函でした」

「木函……。函の中身は」

「メモのような物が一枚入ってましたが、園長はそれを読むと、上着のポケットにしまいました。なにが書いてあったかは、分かりません」

「その木函はどうしましたか」

「園長が返送したようです」

「忌まわしい物のようですね」

「そう思ったので、送り主はだれかなどを、きくことができませんでした」

「送られてきた木函と、岩波さんが横浜へきたこととは、関係があるのでは……」

「そうですね。園長がこんなことになったのを考えると、送られてきた木函とは、無関係ではないような気がします」

「岩波さんには、木函の送り主と、送りつけた意図が分かったのでしょうね」

道原は、職員がいった木函の一件をメモした。

「木函の送り主は、横浜の人じゃないでしょうか」

吉村がいった。

「その可能性が考えられるな。もしかしたら岩波さんは、木函の送り主に会ったんじゃないか」

道原は首をかしげた。

「岩波さんは、会ってはならない人に会った」

吉村は、小さい声で独り言をいった。

「岩波さんは、ホテルへチェックインしたあと、独りで食事をしている」

道原は、とっぷりと暮れた空を見上げた。上空は風があるらしく、雲の流れが速かった。


「岩波さんの夕食がすむのを、レストランの近くで待っていた者がいた。彼は食事を終えると、岸壁へ向かった。夜の海を眺めたくなって、岸壁の端近くに立った。彼の後を尾けていた者は、彼の背中へ忍び寄って、腕を伸ばした」

道原は、海の中の赤い灯に向かってつぶやいた。

道原は岩波の妻に、横浜市かその近くに知り合いの人がいるかをきいている。妻は首をかしげていたが、

「いないと思います」

と答えた。

「ご主人は、挨拶状などを出すための名簿をつくっていたでしょうね」

妻にきいていた。妻は、自宅のパソコンに収

めていたと答えた。それを見て、横浜かその近くの住所の人がいたら、知らせてもらいたいといってある。

「いいにくいことですが」

道原は一言断わって、岩波はだれかに恨まれていなかったかを、妻にきいていた。

「いいえ。岩波は穏やかな性格です。前の園長からそこを認められて、園長に推されたのでした。食事のとき、入所者の皆さんに向かって、思い付いたことなどを、やさしい言葉で話しているのを見たことがあります」

妻は岩波のことを、自宅でも大きい声を出したことがないといった。

道原は、加賀町署へ同行したいちご園の職員にも岩波の人柄をきいているが、妻と同じで穏やかな性格といっていた。

道原は吉村に、岩波小五郎の死は、事故か事件かをあらためてきいた。

「痕跡《こんせき》はありませんが、何者かに海へ突き落とされたものとみています。岩波はワインを一本飲んでいるが、海がどちらの方向かが分からないほど酔ってはいなかったでしょう。……彼は海を向いて岸壁の端の近くに立っていたことは間違いないでしょう。港へ入ってくる船や赤い灯を珍しそうに眺めていたんです」

吉村は確信するようにいった。

道原はうなずいた。岩波は岸壁の端に造られている障壁の上に立っていたのではない、と確信した。

第六章　津軽

1

滝谷はいつもより二十分ばかり早く家を出て、通勤の途中で朝刊を買った。［臨港パークで水死体］というタイトルの記事に火を注ぐような目を向けた。水死体の身元はすぐに分かったらしく、［長野県松本市の老人ホームいちご園園長の岩波小五郎さん（五十三歳）］となっていた。

［岩波さんは午後六時ごろ臨港パーク近くのレストランで食事をした。白ワインのボトルをとって単独で食事をして、午後七時少し過ぎに店を出ていった。その後どうしたかはレストランの人は見ていないという］

滝谷は記事を読み直してから、朝刊を小川へ捨てた。

その日は終業まで、名前を呼ばれるたびに胃がピクリと反応した。

帰宅して、弁当箱を台所の流しに置いた。いつもの習慣である。

「あらっ」

あき子が台所で大きい声をあげた。本を読んでいた静香が台所へ立っていった。

「お昼ご飯を半分しか食べていない」

あき子は弁当箱を静香に見せた。

「からだの具合が悪かったの。お腹が痛かったの」

静香が、テレビの前にすわった滝谷の背中にきいた。

「いや。お昼の食事中なのに、二度も三度も名を呼ばれたので、そのたびに立っていってて……」

滝谷はテレビのほうを向いたまま答えた。

「そう。お腹は大丈夫なのね」

静香はあき子の横でいった。二人は数分のあいだ、あぐらをかいてテレビを向いている滝谷をにらむように見ていた。

夕飯のおかずは、アジの干物とイカの刺身と黄色のたくあん。滝谷はまったく食欲がなく、干物も刺身も半分残した。

「からだの具合が……。お風呂をつかって、早く寝んだほうが」

静香が箸《はし》を置いていった。

「一昨日は帰りが遅かったので、お疲れなんですよ」

あき子は、滝谷が残した刺身を自分の皿へ移した。

滝谷は、静香にすすめられて、いつもより早い時間に風呂に入った。頭に湯をかぶった。その拍子にある男の顔が目の前に現れたような気がして、顔を左右に振った。

彼は毎朝、出勤の途中で新聞を買った。［臨港パークで水死体］のタイトルの記事が載った五日後の新聞には、［殺人の疑い］という太字のタイトルの記事が載った。［臨港パークで水死体で発見された松本市の岩波小五郎氏は、ある男性の所在を確かめるために横浜へやってきた。ある男性は以前、老人ホームのいちご園に勤めていたことがあり、その男性と接触したことのある人と会っていた。岩波氏は、横浜市内に居住しているらしいその男性の所在をさがしている最中に、海中から遺体で発見された。警察は、岩波氏がさがしていた男性の所在地をさがしている］

滝谷は、その記事の載った新聞も橋の上から川へ投げ捨てた。

岩波が会っていた［ある人］とは、金城千代子とその兄の清伸のことらしい。

岩波が、臨港パークの海に浮いていたというニュースに接したとき、金城兄妹は口を開けて天を仰いだことだろう。

日曜の午前、滝谷は金城千代子の家をのぞきに行った。薄陽のあたる縁側に、老女がぽつんとすわっていた。やることのない人間は置き物のようで、呼吸をしているかも怪しかった。なにかと気ぜわしい師走なのに、老女は陽だまりを向いて、そこに遊んでいる数羽の雀を見ているようだ。

老女の前へ千代子がすわった。彼女は水の入ったグラスを老女に与えた。千代子は厚みのある本を開いた。彼女は本を手にして読み聞かせをはじめた。十分もすると老女は居眠りを始めたようだ。

滝谷には兄弟がいなかった。父は遠い南方の島で死んだと母からきいていた。

母は働き者だった。食堂や八百屋や肉屋などへ勤め、夜遅くに帰ってくる日もしばしばあった。そういう日のために母は毎日、さつま芋を茹でて鍋に入れていた。にぎり飯が二つ小さくて円い折りたたみのできる卓袱台《ちゃぶだい》にのっていたが、さつま芋を先に食べたために、満腹になって眠ってしまう夜もあった。

千代子は老女が居眠りをはじめたのを見ると、本を閉じて、膝を立てた。台所へ移ったようだ。

彼女はかつて、滝谷たちが住んでいる家の軒下を、真夜中に通った人だ。黒い布に包んだ木函を、軒下に置いたのも彼女だったような気がする。それを彼女にさせたのは、松本市のいちご園の岩波小五郎だったのではないか。岩波は滝谷が転居するたびに住所確認をしていたようだ。

薄陽のあたる縁側で居眠りをしていた老女は、目を開けた。台所に立っていたらしい千代子が小走りにやってきて、老女の前へすわった。

彼女は岩波の死亡を知っただろう。岸壁近くの海に浮いていたという新聞記事を見て、「事故ではない」と直感しただろうか。

滝谷は千代子と老女のようすを目に映して、帰宅した。

「タバコをやめたの」

静香が寝床にすわってきいた。

「いや。本数を減らしただけだ」

「タバコを喫って」

「どうしたんだ」

滝谷は静香のほうへからだの向きを変えた。

「タバコの匂いを嗅《か》ぐと、あなたがそばにいるのだなって、思うの。……あなた、どこかへ行ってしまわないでね」

「どうしたんだ、きょうは。どこへも行かないよ。どこかへ行くときは、一緒じゃないか」

彼女は涙をためたような目で、タバコに火をつけた滝谷を見つめていた。

「また、エアキャビンに乗りにいこうか。キャビンの中から、海の向こうの大観覧車が見えたじゃないか」

滝谷はいったが、静香は首を横に振り、

「わたしのそばへきて」

といった。

あき子は小豆《あずき》を煮て、しるこをつくった。それをおわんに盛ってスプーンを添えた。静香は一口食べると、「おいしい」といってから、空を見上げて、「凧《たこ》を揚げている人がいる」といった。

滝谷とあき子は静香の横にすわって空を見上げた。が、空中にあそんでいるものは視野に入らなかった。滝谷とあき子はうなずき合った。凧は幻覚だったにちがいない。きょうの静香は、滝谷のタバコの匂いのことをいったし、彼が空中キャビンのことをいったら、空に凧が揚がっているといった。医者に診せてはいるが、怪我の後遺症は良い方向へは向かっていないのではないか。

滝谷は週刊誌を買った。新聞に週刊誌の広告が載っていたからだ。太字の広告は、[横浜港の怪死体」とあった。[溺死体《できしたい》で発見された岩波小五郎氏はワイン好きで、自宅でワインを飲むこともあった。遺体で発見された現場近くのレストランでもワインを飲んだが、料金を受け取ったレストランの従業員は「酔っているようには見えなかった」と語っている。当日の岩波氏は横浜へ知人K氏を訪ねていた。記者はK氏に会い、岩波氏が横浜へきた目的をきいたが、話すことはできないと、口を噤《つぐ》んだ」となっていた。

岩波が横浜で訪ねたのは金城清伸と千代子のことにちがいない。清伸、千代子の兄妹は滝谷の住所を知っていた。岩波の脅迫行為に加担していたのだから、新聞や週刊誌の記者に事実を語ることはできなかったのだろう。新聞も週刊誌も、岩波の溺死を、[他殺」ととらえているようだ。

滝谷は珍しく昼寝をした。彼の横で静香は週刊誌を読んでいた。彼女はなにかを思い付いてか、あき子に、

「わたしのバッグを」

といった。あき子は押入れから黒いバッグを出した。

静香はバッグの中へ手を入れてなにかをさが

していたが、

「あき子さん。旅行鞄を出して」

といった。なにかをさがしているようだ。あき子は押入れから茶革の旅行鞄を出し、

「なにをさがしているの」

と、静香にきいた。

静香は答えず、旅行鞄を抱いてその中に手を入れていた。

「あった」

彼女はつぶやいて、茶封筒を取り出した。その封筒はかなり古いものに見えた。

「わたし、だれにもいわなかったことがあるの。ずっと秘密にしていたことが……」

滝谷とあき子は顔を見合わせてから、静香が手にしたものに注目した。


「いまのうちに、二人には話しておきます」

滝谷とあき子は、また顔を見合わせた。

「わたしは、二十二のときに、男の子を産みました。横浜に住んでいたけど、東京の品川区の病院で産んだの。お付き合いしていた人は、わたしが出産する前の四月に長野県の山で雪崩に巻き込まれて亡くなったの。大竹純《おおたけじゅん》という名前です。正式に夫婦になろうって、約束していた人でした。……わたしの両親は世間体を気にしたし、経済面の事情もあって、子供をあずかるか、もらってくれる人をさがしていました」

静香は、音を立てずにお茶を一口飲んだ。

「父の知り合いの夫婦が、子供を引き取りたいといってくれました。四十代の夫婦には子どもがいなかったのです。夫婦が住んでいるところ

は青森県の津軽《つがる》というところでした。……わたしは武人《たけひと》と名付けた子を抱きしめて、手放していいものかを、五日も六日も考えました。両親は、長く一緒に居れば、手放せなくなるといって、急《せ》かせました」

静香はまたお茶を飲むと、ハンカチを目にあてた。

「六月半ばの小雨の降る日、武人を抱いて列車に乗りました。六月なのに、肌寒い日だったのを憶えています。電話でも手紙でも住所を詳しく教えられていたので、津軽中里《なかさと》というところの坪田《つぼた》家へは夕方に着くことができたの。……坪田家は大きい二階屋で、猫が何匹もいて、わたしと武人を珍しそうに見ていました。……わたしは坪田家へ二泊して、武人の寝顔を目に焼き付けて、去りました。列車に乗ってからも、罪なことをしているという思いに、追いかけられていた。……そのころのわたしは横浜の磯子のそば屋に長く勤めていました。武人の寝顔が夢に出てくる夜がたびたびあったわ。枕が濡《ぬ》れていることもあって、津軽のほうを向いて手を合わせていた。……何年かして、両親の住所へ坪田家から手紙が届いたと、母が電話をよこした。悪い知らせではないかとも思いました。手紙には写真が同封されていて、それを見たとたんにわたしは、大声をあげて泣いたわ」

「良くない知らせだったの」

あき子がきいた。

「武人が小学校へ上がった日の写真。武人はランドセルを背負って、口を固く閉じて……」

静香はそういって、封筒から写真を一枚取り出した。

「似てる。目許がそっくり」

あき子は瞳を光らせて、写真を滝谷に渡した。

「それから、もう一枚」

静香は封筒から取り出した写真を見てから、あき子に渡した。

その写真は、武人の成人式のものだった。

静香は二枚の写真をハンカチで軽く拭《ふ》くようにしてから、封筒へ入れた。

「その後、坪田さんという家から便りは」

あき子がいった。

「ないの。たぶん武人は結婚して、子供を何人も……」

「武人さんを育てたご両親は、健在なのかしら」

「何年も前に亡くなったらしいと、母からきいた覚えがあるわ」

静香の両親も何年か前に亡くなっていると、滝谷は彼女からきいていた。

「津軽か」

滝谷は、タバコをくわえてつぶやいた。

「行ったことがあるんですか」

あき子がきいた。

「津軽半島をめぐったことがある。龍飛崎《たっぴざき》へも行った。寂《さび》れたところだ。黒っぽい廃屋が何軒もならんでいるところを通った。夜は家を浚《さら》っていくような波音がきこえた」

滝谷は目を閉じて、奥津軽の海を思い出していた。

ぶやいたが、涙をためているような静香の顔を見て、「よし」とうなずいた。

翌朝、バイクで出勤するとすぐに係長に、三、四日休ませてもらえないかといった。

「遠方に不幸がありました。義理のある人の不幸なので……」

「遠方って、どこなの」

係長は帽子の鍔《つば》に手をやった。

「津軽です」

「青森県か」

係長は第一工場長に滝谷のいったことを伝えた。

第一工場長が、鉄屑《てつくず》を拾っている滝谷の背中へ、「津軽は寒いぞ」と声を掛けた。

「私は三年前の冬に、友人と一緒に五能《ごのう》線に乗

2

「あなた、津軽半島へ連れていってください」

静香は、古びた封筒をつかむようにしていった。

「あなたの話をきいているうち、龍飛岬というところへ行ってみたくなった。わたしはそう長くはないので、見たいところへ行きたいの」

「武人という人に会いたくなったんだな」

「そうじゃないの。武人には会いたくない。いまごろ、会いに行ったら、迷惑だっていわれるかも。……あなたが見たっていう龍飛岬で、波の音をききたいの。お願い。連れていって」

滝谷は、「会社は休ませてくれるかな」とつ

る旅をした。深浦《ふかうら》という駅で電車に乗って、能《の》代《しろ》まで行った。右も左も雪で真っ白。途中、吹雪にも出会った。二時間あまりだったが、思い出に残る旅になった」

第一工場長はそれだけいって、去っていった。

一月十五日、滝谷、静香、あき子の三人は、冬の旅支度をして、新青森まで列車に乗った。東京から三時間あまりだった。青森市内で一泊して、次の日はレンタカーを調達することにした。静香は盛岡まで目を瞑《つむ》っていた。気分はどうかときくと、よわよわしい声で、

「大丈夫よ。目を瞑っていただけ」

といった。仙台と盛岡の間では小雪が降っていた。青森の空も灰色で、いまにも雪が舞いそうに見えた。

ホテルでチェックインのあと、外で夕食を摂ることにした。青森港の波音がきこえてきそうな料理屋へ入った。滝谷の目当ては、ジャッパ汁。それをオーダーすると湯気の立ちのぼる赤いお椀《わん》が運ばれてきた。静香とあき子は、なんだろうと首をかしげた。汁の中身は、大根と鱈《たら》である。滝谷は燗酒をひと口飲んで、汁をひと口すすった。

「あ、おいしい」

静香とあき子は汁をひと口飲むと同時にいった。大根は溶けるように煮えている。鮪《まぐろ》の刺身は厚く切ってある。貝柱の大きいホタテには甘味があった。この地方では「ガッコわり」と呼ぶ大根の漬物もいい味だ。

「あなた、おいしい物を知ってるのね」

静香は珍しく盃の酒を舐《な》めるように飲んだ。

あき子の顔もほんのりと赤くなった。

外へ出ると風花が舞っていた。岸壁に係留されている白い八甲田丸《はっこうだまる》が、かすかなきしみ音をきかせていた。かつては青森と函館間の津軽海峡を往き来した青函連絡船で、一億六千万人を輸送したという。

翌朝、曇り空の下を北へと向かった。津軽線に沿って走ってきたが、蟹田《かにた》というところに着くと車の数はぐんと減った。そこからは、海辺の道路と分かれ津軽海峡線に沿って陸地を走った。北海道へ向かう列車が見えた。三厩《みんまや》というところからは津軽海峡を見ることになった。細かい雪が横に降っていた。

静香は荒れる海が好きなのか、車を降りて海辺に立った。彼女は佐渡でも岩に嚙《か》みつく海を見つめていた。

道路の右側には廃屋ではと思われる黒い平屋の家が並んでいた。黒い板戸はどれもゆがんでいる。何歩か前へ出ると胸を打つような音がした。波の音だ。飛沫は家の屋根を越えていた。

灯台が見えた。駐車場には乗用車が二台とまっていた。灯台の下には広場があって、「津軽海峡冬景色」の歌詞が刻まれていた。五、六人の若い観光客がいて、大声で流行歌をうたっていた。そこが龍飛岬だった。

日本唯一の石段国道があった。わずか三百八十メートル余だという。その石段を下ると数軒の集落があった。漁港だが、眠っているように人影はなかった。肩を寄せ合うようにかたまっている小さな家々のあいだから、猫が出てきた。猫は正座するようにすわると、滝谷らの三人をじっと見ていた。ここに住んでいる人たちは、漁をして暮らしているのだろう。横浜へは行ったことがあるのか。波に呑まれそうなここで、都会のことなど考えず、一生を終えるのだろうか。

吹雪の夜はどう過ごしているのか。学校へはどうしたのか。悲しい知らせをきく日もあったろうが、空を仰いで、海の飛沫《しぶき》を浴びて、何事も握り潰してきたのだろうか。風雪に戸板が飛ばされたことも、夜中、歯痛に苦しんだこともあっただろうが、柱にしがみついて、雄叫びのような波音が去るのを待ったのか。

娯楽といえばテレビだけではないか。都会に棲む人たちよりも番組を観ての満足度は高いのだろう。

龍飛漁港の奥に太宰治《だざいおさむ》の文学碑があって、「ここは本州の袋小路だ」と刻まれていた。

三人は龍飛崎灯台の横から津軽海峡と、その向こうの下北半島や北海道の山々を眺めた。

あき子が、青函トンネル記念館を見たいといったが、冬場は閉館だった。

空は灰色で、小雪が舞いはじめた。外《そと》ケ浜《がはま》から小泊《こどまり》を経て、十三《じゅうさん》湖に着いた。蒼黒い日本海を見て走ってきたのだ。十三湖は、岩木《いわき》川の河口に広がる湖で、淡水と海水が混じり合う周囲約三十キロの汽水湖だ。雪が激しくなった。車を降りた静香の顔は蒼かった。唇を固く結んでいる顔は震えていた。風景を眺めることよりも倒れそうになるのをこらえているようだった。

旅館を見つけると、あき子は静香の顔をマフラーで包むようにしてガラス戸を開けた。薄暗い屋内へ大きい声を掛けた。奥からは女性が二人出てきた。二人は静香の顔を見て危険を察知してか、すぐに布団に寝かした。
十五、六分すると六十歳ぐらいの男性医師が若い女性看護師を伴ってやってきた。あき子はものをいわず、ただ震えている静香を、何度も呼んだ。医師と看護師は、長いこと静香の顔を見つづけていた。
「お水をください」

紫色の唇をした静香がかすかな声でいった。

旅館の女性がグラスの水を与えると静香は、「おいしい」といって薄く目を開けた。あき子は涙をためた目で、医師や旅館の人に礼をいった。滝谷は医師の後ろにすわって手を合わせていた。

「お粥《かゆ》をつくりますね」

旅館の女性は微笑して立ち上がった。

静香を診た医師は、「貧血を起こしただけでしょう」といい、夜中に異常があったら呼んでくれといって、電話番号を教えて帰った。

夕食にはヒメマスの刺身と一本焼きが出た。静香は、真っ白い粥《かゆ》を匙《さじ》ですくっていた。ヒメマス焼きを半分食べた。彼女が残した半分を滝谷が食べた。

あき子は、静香のようすを見ながら黙って食事を終えた。

静香はあき子に、

「旅行を楽しむはずなのに、余計な心配をさせてご免なさい」

といった。

あき子は微笑して首を横に振った。

一日、この旅館で過ごすことにしようかと滝谷がいうと、静香は、

「もう大丈夫。海を眺めながら、走って」

といって、にこりとした顔を滝谷とあき子に向けた。

津軽平野の七里長浜《しちりながはま》を越えた。鰺ヶ沢《あじがさわ》町で車を降り、日本海の沖をゆく船を見送った。海岸に沿って五能線が走っていた。電車に乗る人も降りる人もない駅があった。能代を越えたところで薄陽が差してきた。車窓に陽が差したのを見て、男鹿《おが》半島の寒風山《かんぷうざん》を思い付いた。日本海に落ちる夕陽を見たくなった。寒風山から眺める夕陽を、なにかの本で読んだ記憶があった。

「わたしも見たい」

静香が小さい声でいった。

海岸沿いの道路を男鹿半島へ向けた。午後四時になるところだった。寒風山は標高三百五十メートルあまりだ。西を向けば遮るものがないはずだ。

小高い山に着いた。晴天なので陽の入りを拝みにきている人たちが数人いた。白と灰色を混ぜたような色の雲のあいだから、オレンジ色の太陽の端がのぞいた。線状にたなびいていた雲が、幕を引くように消えると、太陽が全容を現わした。見物人が手を叩いた。声をあげた。太

陽は海にそのすがたを映すと、惜しげもなく沈みはじめた。海面は一瞬、火を放したように燃え、そして沈みはじめ、上空の雲を茜色《あかねいろ》に染めた。

　静香とあき子は胸で手を合わせ、言葉を失っていた。燃えながら落ちていった太陽は、海の中から吼《ほ》えるように赤い光を天に放っていた。

　車にもどって三人は、しばらくものをいわなかった。

　秋田で車を返すと、東京行きの列車に乗った。乗客は少なかった。盛岡を経て、約四時間で東京に着く。

　夕食は車内で弁当だ。食べ終えると三人は、目を瞑った。

　滝谷は盛岡で目を開けた。静香とあき子は眠りつづけているようだった。窓に額を押しつけると、雪が舞っていた。彼の耳の奥では、日本海の波濤《はとう》が鳴りつづけている。

　彼はふたたび目を閉じたが、はっと気付いたことがあった。会社へ持っていくみやげ物を買うのを忘れていた。

3

　滝谷はいつものようにバイクで出勤した。

「津軽は寒かっただろう」

　係長に声を掛けられた。

「はい。どっちを向いても雪景色でした」

「友人の家は津軽のどこだったの」

「今別町《いまべつ》というところです」

滝谷は地図を見て、地名を頭に入れていた。

どんなところかと係長はきいた。

「津軽線に今別《いまべつ》という駅があります。海峡を越えて下北半島、北には北海道が見えます」

「津軽海峡か、寒いところだろうね」

「ええ。毎日、雪が降っていました。どっちを向いても真っ白でした」

「亡くなった人は、なにをしていたの」

「牛の牧場です」

「私は、青森市へ一度だけ行ったことがあるが、その先は知らない。娘は、夏休みに東北旅行を計画しているらしい」

係長は、怪我をしないようにといった。

一月末の月曜の朝、バイクで会社へ向かっていた。バックミラーに灰色の乗用車が映っていた。信号をいくつか越えたのに、その乗用車はミラーから消えなかった。滝谷はいつもの通勤コースからはずれ、速度を落としたり緩めたりした。乗用車を運転しているのは男で、サングラスを掛けていた。鶴見川を渡ったところで、信号無視をして交叉点を通過した。灰色の車はついてこなかった。

水曜の朝もバックミラーに灰色の乗用車が入った。滝谷を尾行しているのはまちがいない。彼は細い路地に入った。乗用車は路地の入口近くにとまっているらしかった。彼はバイクを降りて乗用車を見に行った。サングラスの男は、金城清伸のようだった。バイクの滝谷を尾行して勤務先を確認しようとしているらしい。目的はなになのか。滝谷には清伸が危険な男と映った。会社で作業しながら、金城清伸をどうしたものかを考えつづけた。

清伸は毎朝ではないが、滝谷の出勤を狙《ねら》って尾行している。すでに勤務先をつかんでいるかもしれなかった。勤務先をつかんでなにをするつもりなのか。

滝谷の頭に一案が浮かんだ。彼は出勤の途中、信号が赤に変わる直前、交差点を通過するのを繰り返すことにした。清伸は滝谷のバイクを追ってくる。清伸が追ってくるのを認めると、信号をにらんでいて、赤に変わる直前、交差点へ突き刺すように飛び込むことにした。

二月五日、小雪が舞う朝、バイクで出勤の途中、金城清伸が灰色の乗用車で追ってくるのを認めた。まるで滝谷が交通事故を起こすのを期待しているようだった。国道一号線を越えた交差点を、信号が赤になる直前に渡った。と、後方で地雷でも爆発したような音がした。大型トラックが灰色の乗用車を押し潰《つぶ》していた。信号を渡ろうとしていた何台かの車は、音をきいて停止した。滝谷は一度、振り返ったが、逃げるように走って出勤した。

会社の食堂で、昼のニュースをテレビで観ていた。横浜市鶴見区の交差点での死亡事故のニュースが映った。赤信号を無視して交差点を通過しようとしていた乗用車が、大型トラックに衝突され、乗用車を運転していた男性が死亡した。「死亡したのは西区の金城清伸さんとみられている」と、アナウンサーは無表情で報じた。

午後、いつものように鉄屑を集めていたが、右手の人差指を切った。小さな傷だったが痛みは夕方までつづいていた。

日曜の午前十時過ぎ、滝谷は金城千代子の住まいをのぞきに行った。薄陽のあたる縁側に女性が三人すわっていた。老女と千代子と清伸の妻だ。清伸の葬儀は二日前にすんでいた。三人は今後の生活《くらし》を話し合っているようだ。

長身の千代子はグレーのコートを着て、玄関を出てきた。その彼女の後を、滝谷は間隔をあけて追った。何か月か前のことだが、彼女は真夜中に黒い函を抱えてきて、滝谷が住んでいる家の軒下に置いた人である。その行為は、松本市のいちご園の園長の指示だったと滝谷は推測している。

千代子は十数分歩いて、西横浜駅近くのきれいな洋装店へ入った。コートを脱いだ彼女は紺色のワンピースだ。店内で中年の太った女性と立ち話をはじめた。彼女はその店に勤めているようだ。昼間は洋装店で、夜はスナックで働いているのだろう。滝谷は彼女が勤めている「アローズ」の所在地と店名をメモした。

千代子は、兄の清伸の事故死を、店の人にどのように話したのだろうか。バイクで出勤する滝谷の後ろを追っていたことなど、想像だにしてはいないだろう。

清伸が出勤する滝谷を尾行していたことは間違いない。尾行して滝谷の勤務先を確認するつもりだったのか。勤務先を摑《つか》んだらどうしようと考えていたのだろうか。いちご園園長の水死に疑問を抱いていたのだとしたら、もしや滝谷がからんでいるのではないかと疑っていたか。

千代子は、岩波小五郎の水死と、兄である金城清伸の交通事故死に疑問を抱いていないはずはない。岩波と清伸は知り合いというよりも深い関係だった。その二人が相次いで死亡した。千代子は二人の死亡を偶然とは捉えていないような気がする。これからの千代子は、二人の死亡を人たちだ。二人は滝谷の動向を探っていた疑ってなんらかの動きを見せるのではなかろうか。

現在の滝谷には、千代子がもっとも危険な人物に見えてきた。

アローズへは客らしい中年の女性が入った。経営者らしい太った女性と千代子は、客の女性を微笑で迎えると、奥から洋服を持ってきて、客のからだにあてた。オーダーした洋服が出来たのだろう。

滝谷は二時間ばかり眠ってから夜中に起きて、防犯カメラのモニターを一時間ほど見ている。金城千代子は、スナック「よりみち」の勤めを終えてから、なんらかの工作をするためか、居住しているかを確かめに足音を忍ばせてやってくるような気がする。工作をするとしたら放火ではないか。彼女は毎夜、滝谷が焼け死ぬ姿を想像していそうだ。

彼女をこの世から消してしまうのは容易そうだ。スナックの勤めを終えての帰り途、背後から首に綱を巻きつけるか、背中へナイフを突き刺せばよい。彼女が殺害されれば警察は、自宅の持ち物を詳しく調べるだろう。彼女は、岩波小五郎と兄の清伸の事故死についての疑問を、詳しく書いていそうな気がする。岩波からいわれて、真夜中に、黒い布に包んだ木函を、滝谷が住んでいる家の軒下へ置いたこと、それはなんのためかなども綿密に書いているような気がする。岩波と兄が事故死に見せかけて殺されたこともだ。そして彼女は、「次はわたしだ」とも。

滝谷は、また転居を考えた。現在勤めているツバサ製作所を辞めたくないので、通勤可能な場所をさがすことにした。

昼休みに同僚に転居を計画していることを話すと、「家作を何軒も持っている人を知ってるから、きいてあげようか」といってくれた。

次の日、同僚は、「空き家が二軒あるらしい」といった。

日曜日に、同僚に教えられた家を三人で訪ねた。川崎市境近くの、門構えが旅館のような大きい家で、一歩門を入ると、仔牛かと思うほど大柄な茶色の犬が近寄ってきた。静香とあき子は犬を見ると、抱き合って震えた。母屋の玄関からは、「どうぞ」と女性の声がした。家作を何軒も所有している家の主婦はどんな人かと思いながら玄関へ行くと、細身の色白の顔立ちのいい女性が出てきた。三十代半ばが見当だ。その人は、

「金盛《かなもり》の家内でございます」

といって腰を折った。

「主人は、ゴルフの練習に行きましたので、わたくしが案内させていただきます」

主人とはいったいいくつぐらいの人なのか、と滝谷は思いながら頭を下げた。

金盛家の主婦は、近寄ってきた犬の頭を撫でた。彼女はたたきにそろえられていた水色のズックを履くと、三人の先頭に立った。弱々しげな静香を見たからか、ゆっくりと歩いた。
四、五分歩いたところで、二階屋を指さした。かなり年数が経っているらしい家の玄関のガラス戸にはヒビが入っていた。雨戸の下半分は雨があたってか変色している。
外からその家を見ただけで、もう一軒の空き家へ案内された。そこも二階屋で、先に見た家よりも年数を経てはいないようだった。

滝谷はふと、新潟の緑の壁の家を思い出した。日本海の波音がきこえる家で、毎日、潮の匂いを嗅いでいた。

滝谷は静香の顔を見て、「どちらがいいか」をきいた。彼女は屋内を見たいといった。

金盛家の主婦は、玄関ドアに鍵を差し込んだ。屋内には仄かに黴《かび》の匂いがこもっていた。主婦が雨戸をあけた。隣家との境にはブロック塀が建っている。

「あら、梅の木が」

静香がせまい庭の隅を指さした。

一階は二部屋に台所。二階は二部屋だ。台所には大きい座卓が置かれていた。

「こちらのほうが……」

静香は低い声でいった。

「では、こちらを」

滝谷がいうと、主婦はにこりとしてうなずいた。彼の勤務先のツバサ製作所へは、バイクで十二、三分だ。

あき子は二階の部屋を見て降りてくると、

「前に住んでいた方は、きれいに使っていたようですね」

といった。主婦の話だと一年前まで住んでいたのは、同じ会社に勤めていた女性の四人だったという。

「車をお持ちでしたら、うちの駐車場をお使いください」

主婦はすぐ近くの駐車場を教えた。

滝谷は、家を借りる契約手続きを終えると、レンタカーの小型トラックで荷物を運んだ。家具がないので、寝具と食器だけだ。コロを静香が抱いて、その日のうちに転居をすませた。

コロは部屋の隅々を嗅ぎまわっていた。

疲れていないかと静香にきくと、

「大丈夫。わたしより、あなたのほうが」

そういった彼女の声には張りがあったので、中華街へ食事に行った。

「あなたは丈夫だけど、無理が重なって……」

ビールを飲んでいる滝谷に、静香がいった。

あき子もビールを飲み、赤い顔をして、海老《えび》をいくつも食べた。彼女は自分のことを、「大喰いだ」といっている。いつものことだが滝谷よりも食べる量は多い。食べながら、「また太る」といっているが、体形に変化はない。彼女は、「コロに」といって、魚の端をそっとナプキンに包んだ。

月曜の朝は雨だった。滝谷は鶴見市場駅から生麦まで電車に乗った。会社に着くと金盛家を紹介してくれた同僚に礼をいって、総務課へ住所変更を届けた。

4

静香とあき子は、引っ越した家が気に入ったらしく、花を買ってきて、座卓の中央へ飾った。きれい好きのあき子は、一日中箒を手にしている。

「冬なのに、紅い花があるんだね」

滝谷は独り言をいった。

「紅い花だけじゃないのよ。花屋さんをのぞいたことなんか、ないのでしょ」

静香だ。

「通勤の道中には、花屋はない」

昨夜、静香とあき子は、滝谷の正面へすわって、なぜ、たびたび引っ越しをするのかをきいた。以前にも、同じことをきいたことがあった。

「住みづらいからだ。妙な荷物が届いたこともあったじゃないか。いたずらをするような者に、住んでいる場所を知られたくない」

静香とあき子は、顔を見合わせたが、口を噤んだ。二人には滝谷にききたいことが山ほどありそうだ。幾度も住所を移るほんとうの事情をきいたことによって、彼の感情を悪化させるのを怖れてもいるようだ。静香が最も怖れているのは、滝谷に捨てられることだろう。彼に捨てられたら、生きていけない自分を知っているはずだ。

平日の彼は、出勤のために家を出るさい、

「きょうも、お昼ご飯をちゃんと食べるようにね」

という。静香はうなずいたが、ふと、彼は帰ってこなくなるのでは、という不安がよぎる朝がある。

彼は、朝の出がけより、夕方の帰宅時のほうが、声は大きい。静香とあき子を見ると、にこりとして、コートと上着を棄てるように脱ぐと入浴する。彼のたてる湯音をきくと、静香はほっとするのだった。

日曜の朝、滝谷は会社から通勤用に借りているバイクを庭で洗って、磨いていた。そこへ、身装りのいい中年女性が入ってきて、

「こちらが滝谷さんのお宅でしょうか」

といった。

滝谷は、どきりとしたが、女性の風采を見て、

「そうだが」と答えた。女性は右手に鞄を、左手に紙袋を提げていた。

「わたくしは、山元あき子の妹で、新津《にいつ》しの子と申します」

といって、丁寧な頭の下げかたをした。そういわれてみると、目許があき子に似ていた。

「姉がお世話になっております」

といった言葉には京都の訛《なまり》があった。

庭での声をきいてか、あき子が玄関でつっかけを穿《は》いて出てきた。

妹はあき子に会いにくることを、連絡してい

ただろうが、滝谷は知らなかった。あき子はいい忘れていたにちがいない。

あき子はしの子の荷物をひとつ持って、家の中へ誘い入れた。

滝谷は、「どうぞ」といったが、庭を出て道路の左右に目を配った。しの子を尾行していた者がいなかったかを警戒した。数分のあいだ家の外の道路を見ていたが、自転車に乗った女性が通っただけで、辺りは静まり返っていた。

滝谷はバイクの手入れを終えて、家へ上がった。しの子は、あらためて、「姉がお世話に」といって、明るい声で挨拶した。

「姉からは何度も、横浜へ遊びにって誘われておりましたけど、くる日もくる日も用事ができて」

滝谷はあき子から京都に妹がいることはきいていたが、横浜へ遊びにこいと誘っていたのは知らなかった。

あき子は妹に静香を紹介してから、冬のさなかに津軽半島をめぐる旅をしたことを、頬に波のしずくがあたったことや、指先はちぎれるほど冷たかったことや、寒風山からの夕陽は燃えるように海に落ちていったことなどを、明るく話していた。

「旅行ができていいわね」

しの子はいった。彼女には高校生と中学生の男の子がいて、毎日、家の中は戦場のようだと、笑いながら語った。

静香は目を細くしてしの子の話をきいていた。夫と男の子が二人いる賑《にぎ》やかな家庭を想像しているらしかった。

横浜へ来たのは初めてだというしの子を、街へ誘い出した。山下公園や外国人墓地を訪ねた。

「高いビルが多いのですね」

しの子は、どこからでも見えるランドマークタワーを向いていった。京都市内には海がないからか、港を出入りする白い船を珍しそうに眺めていた。

夕方になった。中華街で食事をしたいが、というとしの子は、本格的な中華料理を食べたことはないといった。

朱雀門をくぐると、団体の観光客が何組もいた。ウィンドウをのぞいて品定めをしている人たちもいる。

滝谷は静香と話し合って、以前に食事をした店へ入った。四人にはメニューが配られたが、しの子は、なにをオーダーしていいのか分からないと、笑いながらいった。静香とあき子としの子は、二品ずつを選んで、どれもおいしいといい合っていた。滝谷はビールのあと、中国の酒を飲んで、顔を赤くした。

「ご主人は、お酒を飲む方ですか」

滝谷がしの子にきいた。

「缶ビールの小さいのを飲んでいる日がありますけど。強いほうではありません」

「どんな会社にお勤めですか」

「自動車の整備工場に勤めています。週に一回、油で汚れた作業服を洗わされています」

滝谷は、男の子が二人いる家庭を想像した。毎日、家の窓辺には洗濯物がいくつも並んでいることだろうと思った。

しの子はお茶を飲みながら、「おいしかった」と、同じ言葉を繰り返した。

「滝谷さんは、会社にお勤めですか」

しの子がきいた。

「船舶の機械部品を作る会社に勤めています」

「昼間、バイクを洗っていましたけど、それで通勤していらっしゃる」

「ええ。天気のいい日は」

「交通事故が恐いですね」

滝谷の年齢を指しているようだった。

しの子は何者かから、姉のあき子と一緒に暮らしている滝谷文高について、ものをきかれたことはないらしい。滝谷の住所を知りたがって、さぐりを入れた者は何人かいそうだが、新津しの子との間柄を知っている者はいないようだ。

滝谷は毎日のことだが、家を出るさい、張り込んでいる者がいないかを注意している。毎朝、庭を出たところで、左右をうかがい、バイクで家の周りをめぐってから、鶴見川方向へ向かうことにしている。

しの子は、午前中に京都へ帰るといって、出勤する滝谷を、あき子と一緒に見送った。静香は、昨夕、食事をした店でみやげをつくってもらい、それをしの子に持たせていた。

滝谷は作業をしながら、何度かしの子の顔を思い出していた。病身のような静香の世話をしているあき子も健康だがしの子は、頑健そうだった。あき子の話だとしの子は、出産のとき以外は病床に臥《ふ》したことはないらしい。彼女の平日の朝は、夫と二人の子どもを送り出すために、満足に食事もできないような気がする。

　きょうも昼食の時間がやってきた。同僚と一緒に手を洗っていて、また、ふっとしの子の横顔が浮かんだ。もしかしたらしの子は、姉のあき子に会いたくなって横浜へやってきたのではなく、何者かに、滝谷文高の日常を見てきてと依頼されたのではないかという疑問が湧いた。それを考えながらの昼食には砂が混ざっているようで、半分も食べられなかった。

　帰宅すると静香が、「ご苦労さま」といって迎えた。あき子は買い物に出掛けているという。

「しの子さんは、あき子さんに会いたくなったので、やってきたんだね」

「そうですよ。どうして……」

　静香は眉間を寄せた。

「だれかに頼まれて、私のようすをさぐりにきたんじゃないかって思ったんだ」

　静香は、そうではない、というふうに首を横に振った。

　あき子が買い物からもどってきた。

「きょうは、スーパーのレジが混んでいて」

　あき子はそういって、夕食の支度に取りかかった。その後ろ姿を滝谷は見ていたが、不自然なところはなかった。

「さっき、しの子から、お礼の電話がありました。横浜の港は素敵だけど、中心街は背の高いビルばかりで、息がつまりそうだったといっていました」

　あき子は笑いながらいった。しの子は東山区の建仁寺《けんにんじ》の近くに住んでいるらしい。彼女はいまごろ、寺の鐘の音をきいているのではないだろうか。

「きのうは中華でしたので、きょうは鯵《あじ》のお刺身にしました」

あき子はそういって、刺身を盛った皿をテーブルの中央へ置いた。静香は箸で刺身のひと切れをはさむと、コロを呼んだ。コロは伸びをしてから、刺身に鼻を近づけたが食べなかった。

「なぜ、お魚を食べないのかしら」

静香はコロの頭に手を置いた。

「猫の餌《えさ》のせいだと思います。毎日あげている猫のご飯がおいしいので、ほかの物は食べないんです」

あき子がいった。

コロは、あき子の横へすわって、顔を洗いはじめた。

滝谷は刺身をひと切れ食べて、旨い、といった。

「俺は刺身を食べるたびに、子供のころを思い出す。小学生のころだ。母は、刺身は高いといって、買ったことがなかった。ある日、母は遠方へ出掛けて、帰ってこなかった。私は同級生の家へあずけられ、夕飯をご馳走《ちそう》になることになった。おかずは鮪の刺身だった。たぶん私は、初めて目にしたものだったと思う。同級生の母親は、刺身を二た切れか三切れ、私の皿に入れてくれた。私は同級生のやり方を真似て、刺身に醤油をつけて食べた。それが旨かったことは、今も憶えている。……母に、鮪の刺身を馳走になったことを話した。すると母は、『まあ、なんて贅沢な。うちには鮪の刺身を買うお金はないのよ』っていわれた」

あき子は箸を持ったまま滝谷の昔話をきいていたが、

「わたしも、鮪のお刺身を初めて食べたのは、高校を卒業した日だったと思います」

といった。

静香は、刺身の話には興味がないのか、箸を置いて、コロの頭を撫でていた。

第七章　病魔

1

　三月半ばの土曜の朝方、滝谷は妙な夢を見て、ぐっしょり汗をかいて目を開けた。現在は見かけなくなった荷車に、砂を入れたような重たい袋をいくつも積んで、坂道を登っている夢だった。汗が冷めて背中が冷たくなって身震いした。

　彼の横では静香が、布団の上に正座して、

「嫌な夢を見てたのね。うなされて、悲鳴みたいな声を出してた」

　彼女は滝谷のパジャマを脱がすと、タオルで背中を拭《ぬぐ》った。

「どんな夢だったのか、覚えている」

　静香はきいたが、彼は首を横に振った。

　見ていた夢は頭から消え去らなかった。パジャマを変えたが、冷たい汗が背中を流れているような不快感は消えなかった。

　彼は一昨夜に見た夢を記憶している。バイクで出勤している夢だった。路地のような細い道を抜けようとしていたのだが、広い道路にはなかなか出られなかった。そこへ黄色のセーターを着た女性が飛び出してきて、彼はその女性に衝突した――。彼は盗汗《ねあせ》をかいて目を覚ました。

そのときも静香は目を覚まして、布団の上に正座していた。

その朝の食事は箸《はし》が重かった。魚の干物は一口食べただけで、梅干しを二つ食べ、味噌汁を半分残した。

あき子は、「ご飯がおいしくないのね」と、額に皺《しわ》をつくった。

荷車を曳《ひ》く夢を見た朝、滝谷は家の周囲を散歩した。目覚ましに歩いているのではなく、道の角に立ち止まっては、左右に目を配った。四六時中、何者かに行動を監視されているような気がして、落ち着けなかった。

「あなた、痩せましたよ。食も細いし。わたしのからだがこんなだから……」

静香は箸を置いていった。彼女は盗汗のこともいっているようだった。

「そうかな。体重は減っていないようだし」

「ときどき、お弁当を残してくることもあるし」

「食が細くなったのは、年齢のせいだと思う。……気にするな。どこも痛くないし」

食欲のない日はあったが、体調が気になったことはなかった。

午前十一時ごろだった。工場内で鉄の塊のようなプレス機を移動させる作業を手伝っていた。その作業を離れたところから見ていた第一工場長が、滝谷を呼び、「作業が一段落ついたら事務所へきてくれ」といって去っていった。彼の顔はいくぶん険しかった。

三十分後に滝谷は事務室を訪ね、後ろ手でドアを閉めた。工場長は椅子を立って、滝谷を手招きした。

「さっき、刑事が二人きて、滝谷文高という社員はいるか。あるいは過去に勤務していたかときかれた。私は一瞬迷ったが、そういう名の社員はいないし過去にもいなかったと答えた。なぜ刑事が、滝谷文高という男をさがしているのか、心当たりはあるか」

ときいた。

滝谷は、「ありません」と答えた。

「私は刑事に嘘をいった。あんたがなにかの犯罪にかかわっていたのだとしたら、私は共犯者ということになって、罰を受ける。刑事は滝谷文高をさがしている。なぜだと思う」

工場長は目を光らせた。

「私はずっと前に、老人ホームに勤めていたことがあります。そのホームの代表者が横浜の海で、溺死体《できしたい》で発見されました。その変死事件に関して、過去に勤めていた者から事情でもきこうとしているんじゃないでしょうか」

「そうかもしれない。……あんたは真面目に勤めているので、失いたくない。怪我をしないようにね」

滝谷は一礼して、プレス機を移動させる作業現場にもどった。工場長は、事務室を去っていく彼の背中をじっとにらんでいるようだった。

刑事は、管轄内の事業所を片っ端から聞き込みをしているだろう。滝谷が以前勤めていた菱友倉庫にもあたっているにちがいない。菱友倉庫では、「勤めていた」と答えただろう。勤務していた当時の住所も刑事はきくにちがいない。滝谷は刑事の靴音が近づいてきそうな気がして、つい後ろを振り向いた。

滝谷は会社からの帰り道、鶴見川の岸辺でバイクを停めた。腕を組んで流れる水を見つめていた。彼の頭に浮かんでいるのは静香だ。彼女は六十一歳になった。京都での交通事故の後遺症で、ときどき背中の痛みを訴える日がある。献身的なあき子は、一時間も、時には二時間あまりも、背中をマッサージしている。それは効果があるようで、静香はうとうとと眠りにつくようだ。

滝谷は、静香とあき子を置いて、どこかへ身を隠すことができるかを思案した。彼に捨てられた二人は、彼が戻ってくるのを信じて、横浜にとどまっているだろうか。二十日経っても、一か月が過ぎても戻ってこなかったら、静香はあき子に連れられるようにして、京都へでも行くだろうか。京都にはあき子の妹がいる。なにかと相談にのってもらえると考え、京都に住むことを考えそうだ。

滝谷は帰る途中の学校の近くに文房具店があったのを思い出した。その店で便箋《びんせん》と封筒を買った。あき子に電話して、きょうは残業で、帰宅が遅くなると告げ、カフェを見つけて入った。

若い男女が一組いるだけだった。彼は静香とあき子に宛てて、手紙を書いた。

押入れの中の旅行鞄に隠している現金の中から、一千万円を取り出して、置き手紙に添えることにした。一緒に暮らしていたが、ある事情から遠方へ行かねばならなくなった。二人と別れるのは断腸の思いだが、生きていくために、必要と考えた。長い間、連れ添ってくれたことに深く感謝する、と書いた。

その手紙をポケットに入れて帰宅し、「お疲れさまでした」と、二人にいわれて、独りで夕食をした。静香とあき子は、いつもと様子のちがう滝谷を、少しはなれたところから観察しているようだった。

次の朝、静香が寝具を押入れにしまったところへそっと、手紙と風呂敷に包んだ札束を置いて、「じゃあ行ってきます」と、いつものように二人の顔にいって、バイクに跨《また》がった。会社の方向へ走っていたが、左右の風景がいつもと違っているように感じられた。

川岸でバイクを停め、会社に、体調不良なので休ませて、と電話した。鶴見川の河口近くで、川水が海に注ぐのを眺めていた。

静香は押入れのふすまを開けただろうか。そこには風呂敷に包まれた物があった。彼女は首を傾げながら、封筒に入った物と包みを手にしただろう。封筒の中の手紙を見た彼女は、悲鳴のような声で、あき子を呼んだだろう。手紙を読んだ二人は、唖然としたか、吼《ほ》えるような声を上げたか。包みの中の札束を見てそれに触れてみて、夢では、と思い、目をこすったか。

静香とあき子は、これからどう過ごすかを話し合っただろう。滝谷はどこでどうしているかを想像し、会社へ、出勤しているかを問い合わせしようかを話し合っていそうにも思われた。

あき子は、「夜まで待ってみましょう。旦那さんは気が変わって、戻ってきそうな気がします」などといっていそうだ。

滝谷は給油すると、北へ向かって走った。多摩川を渡って東京へ入り、新宿で地図を買って、中野区江古田《えこだ》というところで、以前知り合っていた同年配の男の住所へ着いた。とそこは古い住宅を壊して、二階建ての大きい家を建築中だった。工事をしている人に新築中の家の持ち主をきいた。持ち主は建設会社で、建物が完成したら売りに出すということだった。近くの家で、以前そこに住んでいた人はどこへ転居したのかをきくと、主人は一年あまり前に病気で亡くなったという。その人は滝谷と同じ歳だったのを思い出した。

滝谷はもう一人の同じ年配の男を訪ねることにした。その人の住所は大田区の矢口《やぐち》。夕方になり、路地には魚を焼く匂いがただよっていた。同年配の男の家をさがしあて、声を掛けると、四十歳見当の娘が出てきて、「父は入院中です。母は仕事で、午後十時ごろに帰ってきます」といった。料理屋に勤めているのだという。

「お父さんの容態は」

滝谷がきいた。

「胃癌です。胃を半分ぐらい失いました」

「お大事に」

と滝谷は娘にいって、バイクに戻った。

彼にはもう会いたい人はいなかった。行ってみたいところもなかった。羽田空港に近いビジネスホテルにチェックインし、居酒屋を見つけて入った。白髪頭の男が酔いつぶれて目を瞑《つむ》っていた。その男の着ている物は汚れていた。三十代ぐらいの男が二人入ってきて、ビールをジョッキで飲むと、たがいに料金を払って出ていった。滝谷は、おでんと焼き魚で日本酒を飲んだ。コップに二杯飲んだが、額は冷たかった。

ホテルのベッドに仰向くと、静香とあき子の姿が浮かんだ。二人は向かい合って、これからどう生きていくかを、話し合っていそうな気がした。一千万円もの現金を置いて、二人を棄てたのだからもどってはこない、とでも話していそうだった。

雨の音をきいて、窓を開けた。空港の上空だけは明るく、光の中を細い雨が斜めに降っていた。三月半ばだが風は冷たかった。

静香とあき子は、滝谷のケータイに電話してみただろう。彼はきのうのうちに番号を変えていた。元のままにしておこうかとも思ったが、首を横に振って未練を断ち切った。

翌朝、ホテルを出て、近くの食堂へ入った。目玉焼きにきゅうりの漬け物でご飯を食べた。毎朝、あき子が出してくれた漬け物のほうが、ずっと旨かった。

雨はやんだ。白い雲が西のほうへ流れ、その下を鳩が列をつくっていた。

この付近は町工場が多い。大通りから横道へ入ると金属を触れ合う音、叩く音が右からも左からもきこえてきた。「作業員募集」の貼り紙を出している工場があった。「軽作業　女子」というのもあった。滝谷は実年齢よりいくつも若く見られているが、七十一歳だ。応募しても採用してくれない工場がありそうだ。

彼は一時間あまり散歩してホテルにもどり、窓を開けて外を眺めていた。三十分おきぐらいに飛行機の音をきいた。

ぼんやり外を眺めていると、置き去りにした静香とあき子の顔と姿が浮かんだ。二人は台所のテーブルに肘《ひじ》をついて、滝谷はどこへ行って、なにをしているのだろうとでも話し合っていそうだ。もう戻ってはこないと思えば、横浜を去っていきそうな気がする。

食欲はなかったが、外へ出て、コンビニでパンを買って戻り、それをちぎって口に入れていたが、なにもしていない自分が怖くなった。どこへ行って落ち着くという目的はないが、バイクで走っていたくなった。

彼は北を向いた。横浜から遠くはなれたかった。突如、ツバサ製作所の第一工場長の顔と姿が浮かんだ。

彼は刑事から滝谷文高という社員がいるかをきかれた。一瞬、どう答えようかを迷ったろうが、「いない」と答えた。滝谷を庇《かば》う感情がはたらいたにちがいない。だが、けさになって、正直に答えなかったのを後悔しただろう。滝谷が、体調不良を理由に欠勤したからだ。工場長は、女性社員から、滝谷の欠勤をきいて、「逃げた」と判断したのではないか。

もしかしたら工場長は、滝谷の住所を人事記録で調べ、そこを訪ねていそうな気がする。そこには女性が二人いて、「いつもと同じようにバイクに乗って、出ていきました」と答えただろう。

2

滝谷は、東京都を抜け、一般道路を走った。埼玉県、群馬県を走り抜けて新潟県へ入った。以前住んでいた緑の壁の家を思い出して、五十嵐浜へ向かった。当然だが、緑の壁の家はきょうも日本海を向いていた。窓に人影が映った。住んでいる人がいるのだ。真夜中、その家の軒下に栗の木板製の函が置かれていたのを思い出した。

波打ち際に黒い大岩があって、きょうもその岩の上には釣り人がいた。

滝谷は砂浜へ腰を下ろして、寄せては返す波頭を眺め、タバコに火を点けた。いつのことだったか静香が、「タバコを喫って」と小さい声でいった。タバコの匂いがすると、家に滝谷がいるのを実感するのだといったことがあった。

きょうの静香とあき子はどうしているだろうか。もう滝谷は戻ってこないだろうと話し合っていそうな気がした。静香はあき子に、「わたしを棄てないでね」といっていそうだ。

海を左目に入れて走り、信濃川近くのホテルに入った。ベッドに大の字を書いて、二時間ばかり眠った。

食事のために外を歩いた。三月半ばだが吹きつける夜の風は冷たかった。テーブルがいくつもあるレストランへ入った。観光旅行らしい中年の男性六人がビールを飲んで、笑ったり、手を叩いたりしていた。その人たちは関西弁だった。京都かその近くに住んでいる人たちらしい。滝谷には団体旅行の経験がない。これまで何か所かの木工所に勤めたが、社員旅行のようなことに参加した記憶がない。それから、社員食堂で食事をした憶えもない。旅行会も食事会もあったかもしれないが、彼だけが参加しなかったような気がする。酒に酔うと歌をうたう人がいるが、滝谷は酒場でうたったことはない。流行歌を二つ三つ知ってはいるが、人前でうたったことは一度もない。額に青筋を浮かべ、大きい声で歌をうたう人を好きでない。

次の日、雨でなかったら仙台へ向かうことにした。タバコを一本喫い、日本酒を飲んで、ベッドに倒れた。目を瞑ると静香の顔が浮かんだ。彼女は、「背中が痛い」と訴えた。彼女がからだの痛みを口にすると、すぐにあき子が横にすわって、背中をさするのだが、なぜかあき子はやってこなかった。滝谷は苦痛を訴えている静香の背中に手をあてなかった。苦悶《くもん》する彼女を、ただ見ているだけだった。彼女は、跳ねるように起き上がると、彼の顔に唾《つば》を吐いた――。

悪い夢を見ていた。額に冷たい汗が浮いていた。水を一口飲んで、窓を開けた。冷たい雨が降っていて、ビルの上のネオンがにじんでいた。

朝、雨はやんでいたが、空は暗く、黒ずんだ雲が動いていた。夕方のような色の空を、鳩の群れが楽し気に旋回して去っていった。

昨夜、悪い夢を見たせいか、朝食は砂を噛《か》んでいるようであり、スープは苦かった。

バイクの調子はよかった。給油したスタンドでは中年の男が、どこからきたのだ、ときいた。東京からだと答え、仙台へ向かうつもりだと答えた。猪苗代《いなわしろ》湖に着くと空は明るくなった。山を越え野を越え、走っている列車を眺め、いくつもの川を渡った。

仙台の市街地には都会の様相があった。ネオンがまぶしい一画を通り越したところで、建物の壁の貼り紙を見つけた。目を近づけると幼稚園の警備員募集とあった。コンクリートの壁と金網に囲まれて、小さな電灯がひとつ点いていた。彼はその場所をメモして、泊まるところをさがした。

若林区役所の近くでビジネスホテルを見つけて、チェックインした。部屋は三階だった。テレビの横に電話機があり、その下に小さな冷蔵庫があった。開けてみると水のボトルが一本だけ入っていた。

ホテルのすぐ近くに居酒屋があって、客が二た組入っていて、一組の三人は大きい声で話し合っていた。滝谷は壁ぎわの席にすわると、十代ではと思われる女性に日本酒とおでんを頼んだ。冷酒をちびりちびり飲《や》りながら、二た組の男客を観察していた。二た組とも会社の同僚らしい。赤い顔をして、笑ったり、手を叩いたりしている。彼らはこれから、カラオケの店へでも移るのではないか。それを想像しても滝谷は羨ましいとは思わない。

おでんに芥子を塗りながら頭に浮かんだ顔は、ツバサ製作所の第一工場長。彼は通勤に便利だろうと気を遣ってバイクを貸してくれた人だ。そのバイクに乗って滝谷は当てのない旅をしている。いっしょに住んでいた静香とあき子を置き去りにした。その二人には、当面困らないようにと一千万円の現金を置いてきた。その現金を見た二人は、突如、暗い雲に包まれたような気分になったにちがいない。滝谷がどこでどうやって貯えた金だろう、と二人は話し合ったにちがいない。二人は身震いして、札束を押入れにしまったような気がする。

二人は今までの場所に住んでいられなくなり、すぐに荷造りを始めたような気もする。

もしかすると二人は、滝谷が遺した現金によって、争いを起こしていないだろうか。静香とあき子は、いい争いをしただけでなく、「縁を切る」とでもいって、別れたことも考えられる。静香は独りでは生きていけない人になっている。それを承知であき子は――。そう考えたとき滝谷はめまいを覚えた。

彼は悪酔いした。這うようにしてホテルに戻った。

目を開けると、窓に薄陽があたっていた。その窓辺へ何羽かの雀がやってきて、小さな声で鳴いて、一緒に飛び立った。

滝谷はメモを見て、警備員を募っている菊園《きくぞの》幼稚園を訪ねた。園の後ろには檜《ひのき》と杉が、重厚な造りの有馬《ありま》姓の邸を取り巻いていた。幼稚園の経営者の居宅のようだ。滝谷はどこへ声を掛けたらよいかを迷っていた。幼稚園のガラス戸が開いて、園児のざわめきがきこえた。警備員募集の貼り紙を見たと、若い女性に告げると、にこりとして園長室へ案内された。

園長は六十代前半に見える体格のいい女性だった。履歴書をといわれたが、持っていないと答えた。園長は渋い顔をしたが、便箋《びんせん》を出すと、住所、氏名、職歴を書いてといわれた。滝谷は自分のボールペンで本名を書き、思い付きの会社名を書いた。

「住所は」

園長はきいた。

「採用していただけるのなら、これから住むところをさがします」

「いままで、どこに住んでいたのですか」

「東京です。勤めていた会社を辞めて、バイクで旅行をしていました。この仙台が気に入ったので、住むことにしました」

「七十一歳ということですが若く見えます。健康状態はよいのですね」

「はい。悪いところはありませんし、今まで、長く寝るような病気をしたこともありません」

園長は、採用を決めかねているのか、左にも右にも首を曲げていたが、ときいた。

「家族は」

「家内は、二年前に亡くなりました。子供はいません」

「身軽なんですね、どこに住んでもかまわないということですね」

「まあ、そういうことです」

園長は、あらためて滝谷の全身を見るような目をしてから、

「きょうじゅうに、住むところを決めてきてください。なるべくここに近いほうがいい」

といってから、

「不動産屋さんを知っている。その人に相談するといい」

園長はスマホを取り出すと、電話を掛けた。

横を向いて、「独り者なの」とか、「七十一歳なの」とかと滝谷のことを話していた。

「空き家はいくつもあるようです。アパートもマンションも」

不動産屋はすぐにここへきてくれるので、その人といっしょに空き家を見て、気に入ったところがあったら、そこを決めてくるようにと園長はいった。彼女は二十二、三歳に見える女性を呼び、お茶を出すようにと指示した。

「あなたは、太い腕をしている。若い時から力仕事をしてきたのでしょ」

園長は、あらためて滝谷の全身を見る目をしていった。

「はい。木工所で働いていたことがあります」

「木工所っていうと、建具や家具を作るところ

ですね」

「そうです。毎日、鉋《かんな》で板を削っていました」

「では、家具作りの技術があるんですね」

「たいしたことはありませんが」

「自分のお店を持たなかったんですね」

滝谷は下を向いて、首で返事をした。今まで勤めた木工所の作業場と木の香りを思い出した。

若い女性が紅茶を運んできた。その人は微笑んでいるような細い目をしていた。

不動産業の五十代の大柄な男がやってきた。その男も紅茶を飲むと、「ご案内しましょう」と滝谷にいった。男は滝谷の年齢と風采を見たからか、壁が変色したアパートへ案内した。二階の空室は長いこと風を入れなかったからか、黴《かび》の匂いがした。滝谷は、ここには住みたくないといって、首を振った。

次に案内されたマンションは五階建てで、空室は五階の角。窓に西陽がとどいて、部屋を暖めているという。

「この部屋は、家賃が少し高いですよ」

男はそういったが、滝谷は、「ここを借りたい」といった。男はあらためて家賃の金額を口にした。滝谷がうなずくと、

「お独りでお住まいになるんですね」

ときいた。滝谷は首で返事をした。

不動産事務所へ行って契約書に署名し、拇印《ぼいん》を押した。男に身元に関することをいろいろきかれたくないので、腰のベルトに付けた財布から請求された金額を出して、契約を完了させた。男は現金を見ると、それまでとは口調を変えた。

マンションはシャルマンポールといって、オーナーは、仙台を代表する味噌の醸造所だといった。

滝谷は幼稚園へもどり、園長に住まいを見付けたことを報告した。

便箋に書いた履歴書に住所を記入した。シャルマンポール五階と記入すると、園長は目を丸くして、滝谷の全身を見直した。そこが高級マンションなのを知っていたらしい。

いつから勤められるかときかれたので、

「あすから出勤させていただきます」

「そう。助かります」

そういった園長は、あらためて滝谷の素性を見るような目をした。もしかしたら園長は、滝谷のことを見直しはしたが、正体を疑っているのかもしれなかった。

滝谷はバイクに乗って衣料品店をさがし、あすから着用する作業服と下着類を買った。布団と毛布を買って、マンションの部屋へ届けてもらった。

3

園児は午前八時半に登園するが、滝谷は午前八時に出勤して、幼稚園と有馬邸の周囲を見まわりした。母親らしい女性に連れられて登園する園児が多い。彼は十字路と園の中間に黄色の旗を持って立った。園児にも付き添ってくる人にも「お早うございます」と、大きい声を掛けた。振り返ると園長の有馬菊子《きくこ》が一段高いところから微笑んでいた。

朝の警備がすむと箒《ほうき》を持った。日に一度はパトカーで警官がやってきて、異常がないかをきいた。

昼食は交替で摂った。滝谷は職員の後で、炊事場が見えるところで摂った。食事をすると頭にあき子の姿が浮かんだ。彼女は毎日、静香と向かい合って箸を持ち、静香の食のすすみ具合を観察していた。

「滝谷さんは、食べ物でなにがお好きですか」

五十代の炊事係の女性にきかれた。特に好きな物はときかれたので、「里芋の煮たの」と答えた。「ではあしたは、里芋を煮ますね」炊事係は笑いながら小さいノートにメモをした。彼はイカを煮たのが好きだといい直そうとしたが、黙って昼食をすませた。

炊事係は話し好きなのか、滝谷にどこからきたのか、どこに住んでいるのか、家族は何人なのかをきいた。滝谷は、独り暮らしとだけ答えて、逃げるように食堂を飛び出した。炊事係の女性は、これからも滝谷の身辺事情をきくにちがいなかった。彼からきいたことを、他の職員たちに伝えそうな気もした。彼が住みはじめたところが、シャルマンポールだと知ったら、目玉が飛び出るほど驚き、それを職員たちにも話すだろう。

園長は、職員が利用する食堂へはやってこなかった。どうやら自宅で食事をするようだ。

滝谷は、幼稚園と重厚な構えの有馬邸を何度も見てまわった。午後三時、そろそろ園児を帰宅させる時間になった。園庭の出入口に立って、バスに乗り込む園児を見送るのだが、有馬邸の前へ黒い大型乗用車が止まった。運転していた男が降りて、邸の門の中へ入った。四、五分経つと運転手は髪の白い女性を支えるようにして、車に乗せた。つづいてやはり白髪の男を、若い女性が手をつないで出てきて車に乗せた。若い女性はスーツ姿で、車の助手席に乗った。二人の老人は夫婦なのだろう。若い女性は老夫婦の介護をしているらしい。老夫婦は有馬菊子の夫の親なのか、それとも菊子の両親なのか。老夫婦の行き先は病院か、いや観劇なのかもしれない、と滝谷は黒光りした乗用車を見送った。

園児を乗せたバスを送り出すと、園内の片付けと掃除を手伝い、戸締りをして、きょうの勤務を終えた。

滝谷は歩いて七、八分のマンションへ帰った。勤務初日だったので緊張がつづいたせいか疲れを感じ、毛布にくるまった。黒い車に乗っていた、たぶん八十代と思われる白髪の夫婦の姿が目に浮かんだ。重厚な邸宅に住んでいる二人は、毎日、なにをしているのだろう。毎日観劇に出掛けるとは思えない。一日中、テレビを観つづけてはいないだろう。優雅な暮らしのようだが、退屈なのではないか。なにか習い事でもしているのか。くる日もくる日も読書をつづけているのだろうか。あした食事係の女性に、老夫婦の生活《くらし》ぶりをきいてみようと思った。

一時間ばかり眠ったあと、冷たい水で顔を洗ってから外出した。道路へ出て、自分の部屋のある五階を仰いだ。十室あるが、窓に灯りが点いているのは一室だけ。

　彼は灯りを求めるように歩いた。通りが繁華になった。赤い提灯を出している居酒屋へ入った。すでに赤い顔をしている客が何人もいた。滝谷は隅の席で酒を頼んだ。胴の太い徳利を運んできた少女のような顔の女店員に、鮪の刺身と焼きはんぺんをオーダーした。盃に酒を注ぐと手が震えた。静香とあき子の顔が、眉を吊り上げて迫ってきた。「なにが不足で、わたししたちを捨てて」と、静香が嚙みつくような顔をした。

　彼は震える手で注いだ酒を飲み干した。毒薬を服んでいるような味がした。胸で手を合わせて二人に謝った。盃に注いだ酒にツバサ製作所第一工場長の顔が浮いた。彼はなにもいわず、戻ってこい、というように顎《あご》を動かした。

　彼は、苦い酒を一杯飲んだだけで店を出た。酒場のネオンが目に刺さった。彼は酒を豪快に飲み、胸を張り、大手を振って歩くほど肝のすわった男ではなかった。自転車で通る制服警官を見て立ち止まった。

　消えかかっているような青いネオンの店へ、転がるように入った。薄暗いボックス席に四人の男客がいて、密談でもしているようにひそひそと話し合っていた。滝谷はカウンターへ肘を突き、ウイスキーを頼むと、一気に流し込んだ。胃はひりひりと悲鳴をあげた。

　怪しい匂いのする女性が膝を寄せて横にすわり、水割りをつくると滝谷の前へ置き、片方の手を股ぐらへしのばせた。

「もう一杯」

カウンターのなかの無表情の女性にいった。

その女性は返事をせずに水割りをつくった。彼女は、それも一気に飲み干し、「勘定」というと、

「五千円」

と、唾を吐くようにいわれた。


翌朝、八時に出勤して園児を迎えていた。

「お早うございます」

と、大きい声で挨拶《あいさつ》する男の子が、母親らしい女性と手をつないでやってきたし、バスから降りて、俯き加減で滝谷の前を歩く女の子もいた。警官が二人やってきて、道路の反対側に立ち、園児に声を掛けていた。


昼食は職員の後で摂ることにした。きょうは、里芋とイカの煮物が鉢いっぱいに盛られた。滝谷は炊事係の女性に礼をいい、「おいしい」を二度いった。

昨日の午後、邸宅を出て黒い車に乗っていった老夫婦らしい人を見掛けたことを話した。

「園長先生のご両親です」

洗いものをしていた炊事係は滝谷のほうを向いた。老夫婦は有馬菊子の両親だというと、彼女の夫は養子ということになる。なにをしている人かときくと、仙台市内で有馬機械という会社を経営していて、従業員は五、六十人いるらしいといった。有馬家に関係することを詳しく知ろうとすると、なにか魂胆でもありそうと疑われるかもしれないので、茶碗を両手にはさん

で黙っていた。

「有馬機械という会社は、東京に支社があって、社長はたびたび東京へ行っているようです」

「園長のお父さんは、なにをなさっていたのでしょうか」

「有馬家はもともとお金持ちだったようで、お父さまは学校を出ると、絵を描いていたんです。いまも絵を描いていて、作品を市役所や商工会議所に寄贈しています。何点かの風景画が市役所一階の廊下に飾ってあります」

「画家ですか。なんとなく優雅なご家族ですね」

「お父さまは一度、市議会議員選挙に立候補されたのですが、からだをこわしたとかで、立候補を取りやめました」


炊事係のポケットで電話が鳴った。滝谷は彼女ともっと話していたかったが、椅子から立ち上がった。

園児たちの声を背中にききながら外へ出ると、救急車とパトカーのサイレンを近くできいた。女性職員の一人が、音のしたほうへ走っていった。すぐ近くの交差点で衝突事故が発生したのだった。滝谷は事故現場を見にはいかなかった。

午後四時三十分。きょうも無事勤務を終えた。滝谷は住宅にはさまれた静かな道を、輝くように建っているマンションへ向かった。菊園幼稚園には長く勤められそうなので、小型のテレビを買うつもりで、商店街を歩いた。メガネ店へ入って、サングラスを買った。鍔《つば》のある茶色の帽子を買った。

電器店を見つけた。四十代見当の男の店員が一人、本を読んでいた。大型店へいけば品選びができるだろうが、音響機器を並べた棚に一台だけ小型テレビが置かれていた。それは中古品だった。滝谷は買うのを迷っていたが、安かったので、映り具合を試して買うことにした。

小型テレビを入れた袋を提げて、天ぷらの店へ入った。客は中年男女の一組だけ。男女は向かい合って箸を使い、低い声で話し合っていた。その二人の表情は強張っていて暗かった。別れ話でもしているようだ。二人は酒を飲まないのか、テーブルには徳利もグラスも置かれていなかった。

滝谷は日本酒をもらって、晴れた空のような色の盃に注いだ。彼の好きなのは牛蒡《ごぼう》の天ぷらだ。それをいうと店主は、

「お好みをおっしゃってください。牛蒡のあとは、なににしましょうか」

「カボチャとハスとミョウガ。以前、信州へ行ったときに入った店では、桑の葉の天ぷらが出た」

「ほう。うちには桑の葉はありません」

男と向かい合って食事をしていた女性が急に、

「もう嫌。顔を見ていたくない」

と、金切り声をあげた。

男は顔を伏せたまま箸を置くと、肩をすぼめるような恰好をして、店を出ていった。

女性も音をさせて箸を置いた。五、六分のあいだ目を瞑っていたが、料金を払って逃げるように店を出ていった。

滝谷の目の裡《うち》には静香とあき子の顔が大写しになった。あき子は癇癪《かんしゃく》を起こしたような声を上げたが、静香は下を向いて黙っていた。

4

マンションへ戻った。家具がないので部屋は広い。暖房器具もないから部屋の空気は冷たかった。酒を飲んで帰ったせいか、寒くて、テレビを観ていられなかった。仙台は横浜より気温はかなり低いらしい。

彼は風呂でからだを温めると毛布にくるまった。テレビニュースは、東京の強盗事件を報じた。鉄パイプを持った二人の男が、時計や貴金属を扱う店へ押し入り、ガラスケースを叩き割って、高級時計を盗んで、車で逃走したという事件を、詳しく報じていた。

風呂に入り直して、酒を茶碗に注いで一気に飲んだ。からだがぶるっと震えた。横浜の海で死んだいちご園園長の岩波小五郎と、横浜の国道で交通事故で死亡した金城清伸の顔が迫ってきたからだ。二人は、滝谷に向かって、大きく口を開けて、吼《ほ》えるようになにかをいっていた。滝谷は毛布をかぶった。二人の声は轟音《ごうおん》のように大きくなった。

翌朝、出勤すると、バスから降りる園児たちを見ているうち、気分が悪くなり、めまいもしてうずくまった。それを職員が見て、職員室へ担ぎ込んでくれた。熱が高いといわれ、近くの医院へ連れていかれた。気分の悪さは治まらず、昼食を抜いて、休憩室でうとうと眠っていた。園長は、薄目を開けている滝谷を立ったまま見下ろしていて、「若くは見えるけど、毎日の勤務は無理なのではないか」といった。彼は早退《はやび》けして、冷たい部屋で横になっていた。

彼はそれまで幾日も寝るような病気をしたことはなかったし、ひどく疲れを感じた覚えもなかった。

毛布にくるまって天井を見つめていると、静香とあき子の姿が浮かんだ。なんだか静香に呼ばれているような気がした。

午後八時ごろに起き、近くのコンビニでパンとお茶を買った。ほとんど毎晩酒を飲んでいたが、今夜は酒の匂いを嗅《か》ぎたくなかった。

夜中に目が覚め、風呂につかった。翌朝は、パンと牛乳を飲んで出勤した。

園長に朝の挨拶をすると、彼をじっと見て、

「顔色がよくない。大学病院で看てもらいなさい」

といわれた。

彼は大丈夫といったが、女性職員が運転する車に乗せられた。精密検査を受けることになった。初めて内視鏡検査を受けた。二人の医師が話し合いをしていた。

「胃癌です。癌は二か所にあるので、その部分の胃を切除します」

「切除。……生きていられますか」

「胃袋が小さくなるだけです。切除しないと、長生きはできませんし、食事も満足にできなくなります」

「胃袋が小さくなるだけ……」

眠っているうちに手術は終わり、数時間後、三方をカーテンで仕切られたベッドで目を醒ました。

園長とあかりという名の若い女性職員が、ベッドの両側から顔を突き出し、

「滝谷さん」

と呼んだ。あかりは涙声だった。

「身内の方は」

と、園長にきかれたが、滝谷は首を横に振った。

「いままでに、結婚したことは」

「ありません」

園長とあかりは顔を見合わせた。

あかりは毎日、午前十一時ごろに病院へやってきた。彼女は滝谷になにを飲んだか、なにを食べたかを聞いて小さなノートにメモをして、布団のずれを直して帰った。

腹のなかの傷口は痛み、一日中唸《うな》っていた。

彼は十日後に退院して、あかりが運転する車でマンションへ帰った。彼女は滝谷の寝具が貧しいのを知ってか、園から布団を二枚持ってきた。それから毎日、午前十一時にやってくると、粥《かゆ》をつくった。粥を残すと、「しっかり食べないと、元気になりませんよ」といい、なにが食べたいかをきいた。イカの塩辛で固いご飯を食べたかった。

滝谷はスプーンで粥をすくいながらあかりに、家族は何人なのかをきいた。

「姉と二人暮らしです」

「ご両親とは別居なの」

「両親は、わたしが小学六年生の時に離婚して、べつべつの所に住んでいます。父も母も、わたしたちを可愛いとか思っていないようなんです」

三歳ちがいの姉は、酒の醸造所に勤めているという。

あかりは日曜日も滝谷の部屋へやってきて、

「まだおなかは痛みますか」

ときいた。痛みは軽くなったというと、

「外を歩きましょう」

といって杖を持たせた。

退院して十日が経った。道路の端に腰掛けて、通ってくる園児を園長と一緒に監視した。

病院の医師には、飲酒習慣をあらためるようにと忠告された。

医療費の請求書が出た。彼には目玉が飛び出そうな金額だった。彼はそれをポケットに入れて出勤していた。

「病院から、請求書が出るころでは」

園長がきいた。

滝谷は恐々《こわごわ》請求書を見せた。園長はそれを一《いち》瞥《べつ》しただけで上着のポケットに入れた。彼は椅子から立ち上がって頭を深く下げた。

彼の身長は百六十六センチで、手術前の体重は五十七キロだったが、退院二週間後に測ると十キロ痩せていた。炊事係の女性には、見るたびに痩せている、といわれた。

退院後二週間経つと、正常なからだに戻ったような気がし、毎夜、小さい缶のビールを飲んだ。病院の医師からは、毎月受診するようにといわれた。普段の健康状態に戻った気がしたので週に一、二度は、レストランや居酒屋へ行くようになった。

暑い日が四、五日つづいて八月が終わり、涼風を感じるようになって九月が過ぎた。ナナカマドの紅い葉が散りはじめた。雨の日は肌寒く、セーターを着て出勤した。職員たちはみな、滝谷の顔を見て、「元のからだになったのね」といった。炊事係の女性は、

「もう少し、太るといいわね」

といって、背中を撫でた。

第八章　転々

1

　十月三日の午後、松本署へ一通の投書が届いた。それを読んだ庶務係が、大声を上げた。三人がまわし読みをしてから、刑事課で三船課長に手渡した。課長は、どんぐりまなこの庶務課員の顔を見てから、封書を受け取った。
　封書の差出人は、松本市浅間温泉の桐島波江《きりしまなみえ》とあった。

「わたくしは九月二十六日に、仙台市若林区の実家へ行き、二泊して帰ってきました。二十七日、母と一緒にお墓参りに行ったのですが、その途中、菊園幼稚園の脇を通りました。幼稚園の園庭の金網の修理をしている初老の男性がいました。その男性の顔を見た瞬間、わたくしははっとして胸をおさえました。捜査をなさっていらっしゃる刑事さんから、何度か写真を見せられた男性によく似ていると感じたので、お墓からの帰りにもその男性の顔を見なおしました。

写真の男性はたしかタキタとかタキタマだと刑事さんがおっしゃっていたのを思い出しました。その男性は力仕事をしているせいか丈夫そうな腕をしていて、身長は百七十センチぐらいで、眠っているような細い目をしていました。幼稚園に勤めているのか、「警備」という腕章をしていました。

お節介とお思いでしょうが、わたくしの頭からその男性の顔がはなれません。参考になればと思い、手紙にいたしました」

「仙台か……」

課長はつぶやいてから、「伝さん」と、道原を呼んだ。

「重要なたれこみだ」

課長は桐島波江からの手紙を道原に渡した。

「幼稚園で警備の腕章を巻いていた男と、滝谷文高の身長と面相は、ほぼ合っていますね」

道原はいって、手紙を吉村にも読ませた。

読み終えた吉村は、菊園幼稚園へ電話で問い合わせてみる、といった。

「電話をするな。直接、幼稚園へあたる」

道原と吉村は、あすの朝、列車で仙台へ向かうことにした。

翌早朝、道原と吉村は駅で朝食の弁当を買って列車に乗った。四時間あまりで仙台に着いた。タクシーの運転手に、若林区の菊園幼稚園へと告げると、そこは私立の幼稚園で、仙台の旧家が運営している有名幼稚園だと教えられた。

幼稚園の隣接地には杉と檜の木を背負った二

階建ての邸が建っていた。園児はどこかへ行ってきたのか、バスから降りていた。母親らしい女性と一緒の園児も何人かいた。女性職員に見守られて園児たちが庭に入ると、出入口の扉が締まった。見守りをしていた人のなかには男性はいなかった。最後に扉の中へ入った若い女性に、「滝谷という姓の男性職員はいるか」と道原が尋ねた。

「何日か前から姿を見ていませんが……」

と答えてから、「園長を呼びます」と女性は答えると走っていった。

体格のいい女性園長が出てきて、「有馬です」といった。

道原は、滝谷文高の写真を園長に向けた。

「滝谷ですね」

園長はきつい目をした。

「滝谷文高は、こちらの職員でしたか」

「警備を担当している職員でしたが、一週間ばかり前から出勤していません」

「正確に、欠勤は何日からですか」

道原と吉村はペンをにぎった。彼女は指を折って、

「九月二十八日からです」

彼女は答えてから、二人の刑事を園長室へ招いた。

「こちらでは、滝谷の写真を撮っていますか」

道原がきいた。

「撮っていないと思います」

「勤務振りはどうでしたか」

「真面目で、よく気がつく人でした。園の周り

を見てまわって、傷んでいる個所を見つけると、そこを修理していました。……彼は病気をして、大学病院で手術を受けました」

「手術を……」

「胃癌で、胃の三分の一を失いました。酒好きだったんです。それからは、ご飯を少ししか食べられなくなって、痩せました」

「こちらへは、どのような縁で就職したのですか」

「警備員募集の貼り紙を見て、面接にきたのです。七十一歳でしたが、実年齢よりずっと若く見えるし、丈夫そうだったので、採用したのです。……勤めはじめてから気がついたことがありました」

「どんなところですか」

「ベージュ色のリュックを持っていて、仕事中もそれを背負っていたし、作業によっては足元へ置いていました。大切なものを入れていたのでしょう」

道原は滝谷がどこに住んでいたかをきいた。

「ここから歩いて十分足らずの、シャルマンポールという高級マンションです。ここへの就職を決めてから、住むところを決めました」

「高級マンション」

道原はメモを取りながらつぶやいた。

「五階の角部屋で、月家賃は十五万円以上でした。その部屋しか空いていなかったのですが、彼はほかのマンションやアパートをさがそうとしなかったそうです。給料の半分以上が家賃に消えたのです。家賃の高い部屋に入居しましたが、小型テレビと電気ストーブがあるだけで、ほかに家具はありません」

九月二十八日から無断欠勤をしているが、それの予兆のような行動をしていたかをきいた。

「九月二十七日のことですが、滝谷は園庭を囲むフェンスの修理をしていました。あとで職員にきいたことですが、滝谷は暗くなるまで作業をしていたそうです」

翌日、彼は出勤しなかった。職員が電話したが、番号が変更されていて通じなかった。職員は彼の住所であるマンションの部屋を見にいった。ドアは施錠されていなかったので、部屋へ入った。布団や毛布がたたまれていて、その上に部屋の鍵が置かれていた。マンションの家主に、なんらかの連絡があったかを問い合わせたが、連絡はなかったといわれた。

滝谷はバイクを所有していたことが分かったので、マンションの周辺を見てまわったが、バイクは見当たらなかった。

「滝谷は、なにかの事件に関係しているのですか」

園長は額に深い皺《しわ》をつくって道原たちにきいた。

「何件かの凶悪事件に関係していると、にらんでいます」

「何件もの」

「横浜市、長野県の安曇野市と松本市での事件です」

「そんなに何件もの事件……」

園長は胸に手を当てた。

「いずれも、殺人です」

園長は身震いした。

「よく調べてから採用すればよかった。腰が低くて、真面目そうに見えました。見かけだけでなく、きちんとした仕事をする人でした。園庭で園児と遊ぶこともあって、園児からは、おじさんて呼ばれていました。長く勤めて欲しいと思っていた人でした」

園長は、園児と一緒に遊ぶ滝谷の姿を思い浮かべているようだった。

2

九月二十八日、滝谷文高は、夜が明ける前にリュックを背負って、バイクに跨《またが》った。荷台には毛布を載せた。

西を向いて、福島、郡山、宇都宮、大宮を通過して東京へ入った。上野のビジネスホテルで、夜八時から翌朝八時まで眠った。食欲がまったくなかったので、そばを半分ほど食べ、これからどうするかを何度も繰り返し考え、迷った。品川でコーヒーを飲んで、西を向いた。横浜市へ入って鶴見川を渡り、以前、静香とあき子との三人で暮らしていた家に着いた。静香とあき子は、いまもその家に住んでいるような気がした。

そっと庭をのぞいた。洗濯物は出ていなかった。玄関のほうへまわった。ドアに［空き家］と電話番号を書いた紙が貼られていた。

静香とあき子がどこへ引っ越したかを、空き家の家主にききたかったが、思いとどまった。家主は、滝谷が二人を置き去りにしたことを知っていそうだった。置き去りにしたのは二人だけではなかった。コロという名の猫もいたのだ。コロは夜中に、滝谷の寝床へもぐり込んできたことが何度もあった。

また玄関ドアに貼られていた電話番号へ、静香たちの転居先を問い合わせてみようかとスマホをにぎり直したが、危険を感じたので、取りやめにした。その番号にはなにかの仕掛けがあって、警察が動きそうな気がした。

「京都だ」

彼は確信した。京都にはあき子の妹が住んでいる。静香は、あき子の妹のはからいで京都で静養していた時期があった。滝谷に棄てられた、彼は戻ってこないと判断した二人は、京都で暮らすことにしたのではないか。

彼はまたバイクを西へ向けた。平塚を越えたところで背中が痛みはじめた。大磯で海を向いて足を投げ出した。横浜へ向かうのか、白い船が相模湾の青い海を東へと滑っていた。

小田原でホテルへ入った。かつてなかったほどの疲れを覚え、ベッドに倒れていた。胃袋が小さくなったので、食事の量が減った。それで体力が衰えたらしい。鏡に映るたびに、「痩せた」と、つぶやいた。

焼き鳥の店へ入って、酒を飲んだ。焼き鳥を三串とサラダを半分食べただけで、胃が重苦しくなった。

次の日は浜松でホテルに入った。バイクを放り出して、列車で移動したいくらいだ。

二時間ばかり眠ってからホテルを出て、うなぎの店へ入った。酒をもらい、うなぎの蒲焼きを食べているうちに、気分が悪くなった。手足が震え、寒気を覚え、胸を囲むようにしてホテルへ戻った。

次の日は名古屋までしか走れなかった。小雨が降った。氷水を浴びているような寒さを覚えた。昼近くに起きて、弁当を買ってきた。それを半分ほど食べ、横になったり、風呂で暖まったりした。京都に着かないうちに、野たれ死にしそうな気がした。

翌日は休み休み走った。琵琶《びわ》湖を右にゆっくり見て京都に着いた。

嵯峨野の以前、静香が静養していた路地奥の家をのぞいた。わっと声をあげてあき子が飛び出てきそうな気がしたが、その家は戸を固く閉めていた。誰も住んでいないらしかった。

化野念仏寺に参って、墓石群に向かい、スマホを取り出した。それを摑《つか》んでしばらく迷っていたが、あき子の番号へ掛けた。

「私だ」

滝谷は小さい声でいった。

「わああ」

あき子は叫び声をあげ、大声で静香を呼んだ。静香は横になっていたのか、すぐには電話に応えなかった。

「あなた」

静香はそういっただけで、泣き声になった。

滝谷は、泣いている静香に謝った。

「いま、どこにいるんですか」

あき子がきいた。

「化野念仏寺」

「どうしてそこに」

「以前、住んでいた家にいるんじゃないかと思ったんだ」

「わたしたちは横浜にいます。うるさい人がたびたびくるので、引っ越したんです」

うるさい人は警察官なのだろう。あき子は横浜市神奈川区西寺尾《にしてらお》の一軒屋にいると教えた。

「公園の近くの静かなところ。戻ってきてほしいけど、家へはこないほうが……」

警官が見張っていそうだというのだろう。

電話は静香に代わり、涙声で、

「横浜へきて。……一緒には住めないけど」

ときどき会いたいのだといった。

訪ねてきた警官の話で、静香とあき子は滝谷がかかわった事件のおおかたを知ったにちがいない。

「ね、横浜へ来て。コロも一緒に暮らしているのよ」

静香は声を震わせた。

滝谷は体調をきいた。

「いつもと同じ、一日中、寒いの」

横浜へ着くのは何日か後になる、と滝谷はいって電話を切った。

滝谷は横浜への道中を振り返った。バイクをトラックで運んでもらうことを考えた。

渡月橋《とげつきょう》近くの商店で、近くに運送店があるかをきいた。すると女性店員は、商品を運んでくる業者の電話番号を教えてくれた。そこへ電話して、バイクと自分を横浜まで運んで欲しいのだがときいた。

「往復の運賃をいただくことになりますよ」

といわれた。その金額をきいて滝谷はやめにした。バイクを捨て、列車で横浜へ行くことを考えたが、性能のよいバイクを手放すのが惜しくなった。

バイクに乗って桂川《かつらがわ》に沿ってのろのろと走り、ビジネスホテルを見つけた。

コンビニで弁当を買い、それを小さなテーブルに置くと、ベッドに倒れた。

目を開けると、日付が変わっていた。夕食を摂っていないのに空腹感がまったくなかった。水を飲み、風呂でからだを温めた。

冷たいメシを半分ほど食べると、胃がチクチク痛んだ。

同じホテルに二泊して、バイクを洗った。

東山区、山科区を越え、琵琶湖を左目に入れ、名古屋に着いた。まったく食欲がないので、うどんを少し食べ、日本酒を一本飲んだ。

次の日は静岡まで走った。昼間は何度も止まって、山頂付近が白い富士山を眺めた。

十月六日、横浜に着くと、大きく息を吸った。ふるさとに帰ってきたような気がしたが、道路の信号の下に立っている警官の姿を見て、首をすくめた。

海を見たくなった。みなとみらいの臨港パークの先端に立った。小型船が近づいてきてみなとみらい橋をくぐった。

周囲を見てからあき子の電話に掛けた。彼女は、「はい」と応えたが、すぐに電話を切った。彼女たちが住んでいる家の周りを刑事が歩いているのではないか。警察は、滝谷がかならず訪れるとみて、張り込んだり、周辺を警戒しているような気がする。

十数分後、あき子が電話をよこした。

「ときどき、刑事がきて、滝谷から連絡があったかって、きかれているの。わたしも静香さんも、『あの人からは、もう連絡はきません』って答えています。……いまはどこにいるんですか」

「横浜に着いたところ」

「そう。静香さんは会いたがっています。静香さんに代わりますね」

あき子はそういったが、電話は切れた。だれかが訪れたか、警官の姿でも見たのだろう。

十分後、静香が電話をよこした。

「あなたにすぐ会いたいけど、わたしたちは刑事に見張られているような気がします。あなたはここへは近寄らないで。……また掛けます」

彼女の声は寂しそうだった。

静香とあき子は、警察官が二人の住所へ現れる滝谷を見張っている。その理由を知っているのだろうか。二人はいつの日かに、滝谷がからんでいそうな事件を、警察官からきいたのではないか。警察官は、滝谷が勤務した会社を訪ねて、過去の事件と滝谷とのかかわりを話していそうだ。滝谷が訳の分からない退めかたをしたのは、所在をつかまれ、事件を追及されそうになったからだと話しているだろう。

夕方、見たことのないような赤い太陽が沈んだ。滝谷は海辺の道路を西に向かって走っていたが、前を走っている車を見て気が付いたことがあった。ツバサ製作所は、バイクのナンバーを記録しているだろうか。記録していたとしたら、それを警察に伝えているにちがいない。彼はナンバープレートの一部に泥か黒い油でも塗ることを考えた。

守屋《もりや》町の海辺を走っていた。静香が電話をよこした。彼女は、「あなた」「あなた」と涙声で二度呼んだ。異変でも起こったような呼びかたをした。

彼は運河沿いの倉庫の陰に隠れるようにして、「どうした」ときいた。

「どこか、遠いところへ行きたいの。どこかへ行って、そばにいて欲しいの」

子どもが親にせがんでいるようないいかたをした。その声は細かった。

「分かった。考える」

静香は体調がよくないのではないか。あき子に話すだけでは、もの足りないのか。

滝谷は横浜へきているのに、彼女に会えないでいる。彼は、考えるといったが、どうするかがすぐには頭に浮かばなかった。

遠いところとはどこだろう……。彼は海を向いた。近づいてきた船が音をきかせずに視界から消えた。

「どこか遠いところへ」といった静香の声が耳

朶に張り付き、いまも悲鳴のようにきこえている。

　もしかしたら彼女は、以前三人で旅をした津軽の寒村や波しぶきを思い出しているのか。いくつもの罪を背負っている滝谷は、住んでいる人の少ない土地へ腰を据えるわけにはいかない。ごった返しているような人の多い都会にいるから、逃げまわるような生活《くらし》をしてこれたのである。

　東京へ行こうか。東京都内の住宅街でなく、繁華街のど真ん中に入り込む。外国人の多い商店街にでももぐれば、警察の目はゆき届かないような気がする。

　それはどこか。翌日、神奈川区役所付近を走って書店を見つけた。東京都の地図を買った。以前誰かに、新宿区と台東区には人口密集地があって、外国人も住みついているのをきいたことがあった。

　新宿駅前を通過して歌舞伎町へ入った。道路の両側にはホテルがいくつもあった。職安通りという広い道路を渡ると小規模の商店が並ぶ一画があらわれた。小さなビルが並び、食品店や食堂がぎっしり並んでいた。不動産案内の看板を見つけて、バイクを少しはなれた路地奥に止めた。横浜の港を見つづけていた目には、そこが異質な界隈《かいわい》に映った。

　色白の太った男に、空き家があるかをきいた。

「持ち主がいなくなった古い家があります」

　男は、滝谷の素性をたしかめるような目をした。

「持ち主がいなくなったとは、どういうことですか」

滝谷がきいた。

「八十代のおばあさんが、一人暮らしをしていたんですが、二か月ばかり前に亡くなりました。身内をさがすと、遠い親戚の女性が一人見つかりました。その人に、空き家になった物件のことを話すと、勝手に処分してくださいといわれたので、うちが管理することに」

といった。

滝谷は、その一軒屋を見ることにした。歩いて三分ほどの、商店街の裏だった。一目見て、かなり古い木造の二階屋だと分かった。その家の両側は野良猫の通路のような路地である。

不動産屋の男は玄関から入って、縁側の雨戸を開け、滝谷を招いた。黴臭《かび》い家に風が入った。二階の押入れには花柄の布団が重ねられていた。

みしみしと鳴る階段を下りると、この家を借りたい、と滝谷はいった。

男はにこりとして、何人家族かをきいた。

「家内と家事手伝いの女性との三人暮らしです」

「お仕事は」

「会社員です」

勤務している会社は京都だが、東京に出張所を設けることになった、と出任せをいった。

契約書には本名を書いた。勤務先は、鈴鹿《すずか》産業と思い付きを記入した。契約金を支払った。

「いつ入居なさいますか」

「二、三日のうちに」

「お手伝いすることがありましたら、お声を掛けてください」

男は笑顔を見せた。

3

静香とあき子は、レンタカーの小型トラックでやってくることになった。あき子が運転するその車にはコロも乗ってくる。

滝谷は東京へ住むのは初めてで、地理にも不案内なので、新宿駅東口前で落ち合うことにした。朝は冷たい風が吹いていた。

滝谷はバイクで新宿駅周辺を何度も走っていた。午前十一時、灰色の小型トラックが駅前へ着いた。彼はクラクションを鳴らして近寄った。コロを抱いた静香が窓から手を振った。彼のバイクは、横浜からやってきた小型トラックを誘導して、大久保の古い一軒屋へ着いた。屋内へ入ると、静香とあき子は顔の前で手を横に振った。黴の匂いが気になったようだ。

あき子はすぐに台所に立って、ドアや引き出しを開けていた。静香は一階と二階のガラス戸を開けて部屋へ風を入れた。コロは部屋の四隅を嗅《か》ぎまわった。

「付近のアパートやマンションには、空室があるようだが、一軒屋はここだけだ。あとで見て歩くといい。食べ物屋と食品店がいくつもある。ここの付近には韓国の人が大勢住んでいるらしい」

滝谷は、あしたはハローワークへ行って、就職先をさがすつもりだと二人にいった。

あき子はトラックを返したあと、買い物をして戻ってきた。

「お赤飯を買ってきました。おいしそうな物を売ってる店がいくつもあって、ここは便利」

といった。

夕方、三人で付近を散歩した。静香は、「寒い」といって胸を囲んだ。滝谷は彼女の蒼白い顔を見て、額に手をやった。熱があるようだった。

帰宅すると静香は布団をかぶった。滝谷はからだをちぢめている静香の背中を撫《な》でてから、酒を茶碗に注いだ。大根を煮ている匂いがただよってきた。コロは大あくびをしてから、滝谷の膝にひょいと飛びのった。


ハローワークを訪ねた。七十二歳だが、働かなくてはならないので、というと、

「実年齢には見えませんね。六十代半ばといっても通りそうです。これまで力仕事をなさっていたことは」

職員は、滝谷の顔をじっと見てきいた。

「木工所に長く勤めていました」

職員は書類をテーブルにのせた。

「防水や外壁工事、地震対策です。同じ業種が二件あります。あとは、ピアノ引っ越し。それから葬儀社。賃金はどこも同じくらいです」

滝谷は、新宿区と文京区境の「アラワシ」というピアノ引っ越し業の会社へ応募してみると答えた。職員は彼の氏名、年齢、住所を記入し

て書類を持たせた。

彼はバイクに乗って、「ピアノ引っ越し」という大看板を出している倉庫のような恰好の会社を訪ねた。

社長は顎に髭をたくわえた六十歳見当の長身だった。

「大型運転免許を持っていますか」

「いいえ。普通免許だけです」

社長はうなずいて、あすからでも勤めて欲しいといった。

滝谷は、明日から出勤すると答えて、頭を下げた。ブルーの車体の大型トラックが戻ってきた。運転席から男が三人降りた。

すぐ近くが神田川で、澄んだ水が流れていた。彼は橋の上から川を見下ろした。赤と黒の鯉が上流を向いて泳いでいた。

帰宅すると、あき子が買い物に行くところだった。

「静香さん、ずっと寝ています。ご飯を食べたくないようです。熱はありません」

あき子はそういって出ていった。

家のなかの黴《かび》の匂いは消えていた。コロは静香の布団の上でまるくなっていた。静香の額に手をあてた。彼女は薄目を開けて、「どうでした」ときいた。ピアノを運ぶ運送会社へ勤めることにしたというと、彼女は布団から両手を出して指を動かした。

「ピアノを弾いたことがあるのか」

「小学校から中学校まで、ピアノの練習に通っていたの」

「知らなかった。今でも弾けるんじゃないのか」

「もう指が動かない」

彼女はそういったが、両手をしばらく動かしていた。

あき子は、静香が少しでも食べられるようにといって、トリ肉と人参をまぜたご飯を炊いた。静香は、「おいしい」といって二た口三口食べ、茄子《なす》の味噌汁を飲んだ。

「重たいピアノを、どうやって運ぶんですか」

あき子が箸《はし》を持ったまままきいた。

「毛布に包んだりして、機械で持ち上げる。大きいピアノは玄関から出し入れできないだろうから、窓からだ。ピアノだけでなく、金庫なんかを運ぶことがあるだろうね」

「怪我をしないようにしてね」

静香は箸を置いた。

滝谷はタバコを一本喫うと、バイクを洗った。風呂場を入念に洗い、洗剤をととのえ、汚れ物を洗濯機に入れた。静香はコロの背中を撫でながら、滝谷の動作を見ていたが、何度もタオルを目にあてた。なにが哀しいのか、三人がそろうことができて嬉《うれ》しいのか、タオルを握って、小さな咳《せき》をし、目を拭《ふ》いた。

翌朝、八時半に株式会社アラワシへ出勤した。八長身の社長が八人の社員に滝谷を紹介した。八人は屈強な体格をしていた。そのなかの一人は坊主頭で十代に見えた。滝谷は八人と握手した。女性が事務室から飛び出てきて、その人とも握手した。

きょうは、渋谷区内のマンションの五階の部屋からピアノを出して、月島のマンションの六階へ運ぶ。その作業には四人があたる。ほかの四人は板橋区の住宅から、ピアノを勝どきのマンションの五階へ運ぶという。滝谷は社長の指示で、渋谷区のマンションへ同行することになった。

「きょうのあんたは、作業には手を出すな。ピアノが車に積まれたら、ピアノがあった部屋の掃除をして、戻ってきなさい」

滝谷は作業員のうちの二人と乗用車で、現場へ向かった。好天だったが、北からの風は冷たかった。

グランドピアノは、毛布に二重に包まれてトラックに載せられた。その作業を、ピアノの持ち主らしい二人の少女が、心配顔で見ていた。

滝谷は帰宅すると、きょう見てきたことを、静香とあき子に話した。

「長く勤められそうね」

静香が目を細めていった。

翌朝八時。滝谷は玄関で靴を履いた。とそこへ、ドアにノックがあった。二度目のノックは、ドアを蹴破《けやぶ》るように烈しかった。

「滝谷さん」

と、男の太い声が呼んだ。

顳顬《こめかみ》に針が刺さったように痛んだ。

4

滝谷は解錠した。男が二人、なだれ込むように踏み込んだ。

「滝谷文高だね」

男は身分証を見せ、白い紙を開いた。

「はい」

「バイク窃盗容疑。詳しいことはあとで話す。立ってくれ」

滝谷は後ろを振り向くと、静香とあき子の顔をじっと見てから頭を下げ、ベージュ色のリュックをあき子の胸へ押しつけた。静香は両手で顔をおおった。

滝谷は黒い車に押し込まれて、手錠をかけられ、新宿警察署へ連行された。氏名、生年月日、本籍をきかれ、体格を測定された。

彼は再び黒い車に乗せられた。

「どこへ連れていくんですか」

両脇の男にきいた。

「気になるのか」

紺のスーツの四十歳くらいの刑事がきいた。

「気になります」

「松本署だ」

滝谷は顔色を変えず、目を瞑《つむ》った。しばらくして車は長いトンネルをくぐった。

「一本喫っていいですか」

「ああ」

グレーのスーツの左側の刑事が窓を少し開けた。

「タバコをやめられないのか」

「日に五、六本」

「これからは喫えなくなるぞ」

滝谷は、運転している男の頭へ向かって煙を吐いた。

ドライブインで十分ばかり休むことにした。

「コーヒーを飲ませてくれないか」

滝谷だ。三人の刑事も、車のなかでコーヒーを飲んだ。

「山がきれい」

滝谷は紅葉の山に顔を向けた。刑事たちはなにもいわなかった。

諏訪湖を左に見て、塩尻のゆるい坂を登って、松本署に着いた。車から降ろされた滝谷を、十人ばかりの男女の署員が囲んだ。取調室へ入れられると、四十代半ばの道原と、二十代後半の吉村刑事が椅子にすわって、滝谷をにらんだ。

道原は、書類の上へ黒表紙のポケットノートをのせ、それを左手で押さえた。十数分、なにもいわなかったが、ノートを手にすると、

「あんたは九年前まで、松本市のいちご園という老人ホームに勤めていた。そのホームには当時八十六歳の古賀鍾一氏という男性が入っていた。認知症がすすんでいた古賀氏は、食事以外の時は自室に籠《こも》っていて、栗の木製の函から札束を取り出しては数えていた。果たして数えていたかどうかは定かでない。……家族の話によると、函のなかの現金は約三千万円あまりだったようだ。ある日、その現金入りの木函が失くなった。つまり何者かが現金入りの木函を盗んだのだ。それを知った古賀氏は、狂ったように暴れて騒いだ末に、亡くなった。……あんたはそれをよく憶えているだろう」

　滝谷は道原を見ず、黙っている。

「現金入りの木函を盗んだのは、あんただった。……その事件の半年後、あんたはいちご園を退職して住所を移ろうとした。それを知ったいちご園職員の伊久間信輝氏は、あんたの後を尾けた。伊久間氏の尾行に気付いたあんたは、隠し持っていたナイフで、彼の腹を刺して殺害した。格闘中、あんたも手に怪我をした」

　滝谷は古傷の跡を隠すように、両手を股のあいだにはさんだ。

　二十分あまり沈黙がつづいた。

　道原はノートを二ページめくった。

「七年前の四月、松本市内の梓川中央橋下流の中洲で、黄色のセーターを着た若い女性の遺体が見つかった。家族が対面して、横浜市伊勢佐木町の書店に勤めていた紀平かほりさん二十三歳だと判明した。……彼女は勤務先を休んで松本市と上高地を訪ねるといって出発した。彼女は松本市内に住んでいるあんたを訪ねた。知り合いだったので、ちょっと会うつもりだったようだ。彼女はあんたを住まいに訪ねただろう」

　道原は少し声を大きくした。

　滝谷は十分ばかり黙っていた。

「若い娘が訪ねてきたので、手込めにでもしようとしたんじゃないのか」

　滝谷は首を横に振った。

「梓川へ連れていったんだな。なぜ梓川へ……」

「現金を見られたんです」

「見られた、とは」

「玄関のドアに錠を掛けるのを忘れて、金を数えていたんです。かほりさんは私を呼んだのでしょうが、聞こえなかった。いきなり部屋へ入ってきたような気がしました。彼女は札束を見てびっくりしていた。なにもいわずに立ったまま……。私はまずいところを見られたと思った。彼女は私があわてて現金を函に入れたのを、黙って見ていた。彼女は私がやっていたこと、あわてて札束を函に入れたところを、いつかきっと、誰かに話すだろうと思った」

滝谷は目を据えていた。北アルプスが見えるいい場所がある、といって、梓川の河岸へ誘い、歩きながらきれいな流れを見ている彼女の背中を力一杯押した。彼女は二、三歩よろけ、悲鳴をあげて川へ転落した。

道原は書類をめくった。

「もう一人、殺っているな」

道原がいうと、滝谷は寒さを覚えたように身震いした。

「あんたは、新潟市の佐渡汽船乗り場で、山本政宏と名乗って勤めていた。七月のことだった。佐渡観光に向かう十五、六人の団体がやってきた。その団体のなかに、いちご園に勤務しているのか、退職したのかは定かでない安西博司さんという名の六十代の男がいた。安西さんは元警察官だったときいたことがあっただろう。安西さんは、汽船乗り場に勤めていたあんたを見たような気がした。安西さんらの団体は佐渡で一泊し、新潟へもどって一泊した。その団体は三条市や燕市を観て、松本へ帰着した。あんたはレンタカーで安西さんらの団体の後を尾けた。その団体は松本城近くで解散した。単独になった安西さんは、松本の裏町通りのスナックへ入った。その店で一杯飲って出てきた安西さんは、尾行を続けていたあんたに、刃物で腹を刺されて亡くなった。……そうだな」

道原は語尾に力を入れた。

滝谷は、テーブルの中央付近に視線をあて、曖昧《あいまい》なうなずきかたをした。

「伊久間信輝さん、紀平かほりさん、それから安西博司さんの三人を殺害したことを、認めるな」

道原が念を押すと、滝谷はまばたきをして、わずかに首を縦に動かした。

道原は取調室を出て、窓を開けた。鳩の群れが一列になったり、水平に並んだりしているのを眺めた。

十分ばかり空を見ていたが、両手を握りしめると取調室へもどり、顔を伏せている滝谷文高の頭を見つめた。

「気になる事故、いや事件だとにらんでいる。横浜で起きたことだ」

滝谷の頭が少し動いた。

「あんたは、いちご園園長の岩波小五郎氏をよく知っていたね」

滝谷は二、三分経ってから、

「よくは知りません」

「去年の十二月、岩波氏はどういう用事があって横浜へ来たのかは分からないが、コスモワールドのホテルへチェックインした。そのあと、ホテルを出て単独でレストランで食事をした。ワインをボトルでオーダーして、肉を食べた。レストランを出てからの行動は不明だが、次の日の朝、臨港パークの海上に遺体になって浮いていた。……私は、夜の港を眺めていた岩波氏は、何者かの手によって、海へ突き落とされたものとにらんでいる」

滝谷は顎を撫でた。無感興な視線はテーブルの中央部に落ちていた。道原は十分あまり滝谷の顔をにらんでいたが、変化は起こさなかった。

「もう一件」

道原はそういって書類を音をさせてめくった。

「あんたは、横浜に住んでいた金城清伸さんという三十五歳の男性を知っていたな」

「知りません」

「知らないはずはない。あんたがいちご園に勤めていたころ、クリーニング店に勤めていた金城さんは、たびたび同園を訪ねていた。彼は横浜へ転居して、会社勤務をしていた。いちご園園長の岩波氏は、横浜に住みはじめたあんたの動向を、金城さんにさぐらせていたようだ。なぜかというと、いちご園で静養していた古賀鍾一氏の持ち金を、盗んだのはあんたにちがいないとにらんでいたからだ。……金城さんは、あんたの勤め先を知ろうとしたのか、出勤するあんたを尾行した。あんたはそれに気付いて、交通事故に見せかけて、殺害した」

滝谷は、なにかいおうとしたが、首を振って黙った。

北見静香と山元あき子が住んでいる家へは、刑事が何度も来て、滝谷文高との間柄や、彼が起こした事件を知っていたかをきいた。二人は、どの事件も知らなかったと答えた。

「滝谷は、多額の現金を持っていたが、それを知っていたか」

刑事はきいた。

「金額は知りませんが、多額を持っていたことは知っていました」

「現金を銀行などにはあずけなかったようだが、住まいへ置いていたのか」

あき子は、押入れからベージュ色のリュックを取り出し、

「滝谷さんは、いつもこれを背負っていました」

「勤務先へ出勤するときも……」

「そうです」

刑事はリュックのファスナーを開いて、中身を出した。紙に包まれたものが三つ入っていた。包み紙を開いた。それは札束で、千五百万円。刑事は札束をリュックに入れ、

「預かっていきます」

刑事が帰ると、あき子は食事の支度をした。

「静香さん。朝からなにも食べていないでしょ。なにがあっても、食事をしないと、からだがもちませんよ」

静香は食卓を向いてすわると、滝谷が使っていた箸を右の手に持った。箸になにかを語り掛けるような表情をすると、左手を添えた。コロ

がやってきて、彼女の横へくっついてすわった。

新聞は、［暗闇系の男］とタイトルを付けて、滝谷文高の犯行を報じた。

「わたしたちも、警察に、いろいろきかれるでしょう。それがすんだら、わたし、仕事をさがします」

あき子は、コロの頭に手をやった。


（本作品はフィクションであり実在の個人・団体などとは一切関係がありません）

TOKUMA NOVELS

梓 林太郎
横浜・彷徨の海殺人事件
2023年10月31日 初刷
発行者 小宮英行
発行所 徳間書店
東京都品川区上大崎三−一−一 〒一四一−八二〇二
目黒セントラルスクエア
電話 編集 〇三−五四〇三−四三四九
販売 〇四九−二九三−五五二一
振替 〇〇一四〇−〇−四四三九二
カバー印刷 近代美術株式会社
本文印刷
製本所 中央精版印刷株式会社

落丁・乱丁はおとりかえいたします

ISBN978-4-19-851004-6